光文社文庫

文庫書下ろし

明治白椿女学館の花嫁
落ちぶれ婚とティーカップの付喪神

尾道理子

KOBUNSHA

光　文　社

この作品は光文社文庫のために書下ろされました。

目次

主な登場人物

桂小路麿緒《かつらこうじまお》　白椿《しろつばき》女学館に通う桂小路男爵家の一人娘。
喜代《きよ》　麿緒御付《おつき》の使用人。
園城寺清太郎《おんじょうじせいたろう》　園城寺子爵の次男で、麿緒の婚約者。
九条塚久子《くじょうづかひさこ》　麿緒の学友。
柳沢小夜子《やなぎさわさよこ》　麿緒の学友。
時任宗次郎《ときとうそうじろう》　新進の実業家。
黒猫　宗次郎の従者。

序

早朝の澄んだ空気を切り裂くように、一台の人力車が大通りを駆け抜けていた。

ひたひたと跣足袋《はだしたび》の俥夫《しやふ》が地面を蹴る音だけが響いている。

年季の入った幌《ほろ》付きの車に座るのは、青い矢羽根絣《やばねがすり》に臙脂《えんじ》色の女袴《おんなばかま》を穿《は》いた十六歳の男爵令嬢、桂小路磨緒《かつらこうじまお》だった。

長い黒髪は三つ編みにして、大きな青いリボンをつけている。

亡き母に似た目鼻立ちのはっきりした洋風の顔立ちは、最近流行りのハイカラ美人だと言われるが、無口で内気な性格はハイカラとは程遠いと自分では思っている。

膝の上には風呂敷に包んだ学習道具を乗せているが、車輪の振動で何度も滑り落としそうになっていた。

桂小路家のお抱え俥夫の剛造《ごうぞう》は、がさつで乱暴で苦手だった。父を乗せる時はもう少し丁寧な走りを心がけているようだが、磨緒に対しては気遣いがない。

しっかり摑《つか》まっていないと振り落とされそうになるが、「もう少し丁寧に走ってくれ」の一言が麿緒には言えなかった。

以前に一度車輪が轍《わだち》にはまり、つっかえた反動で振り落とされたことがあった。幸い大した怪我《けが》をせずに済んだのだが、剛造は謝ることもせずに言い放った。

「困りますよ、お嬢様。しっかり摑まってないからですよ。早く乗ってくれませんか？お嬢様を送ったら、すぐに戻って旦那様を職場に送らなきゃならねえ。まったく人使いが荒いんだよ。安月給のくせに」

仮にも男爵令嬢である麿緒に対する使用人の態度ではない。

大人《おとな》しい麿緒がなめられているのもあるが、他にも原因はあった。

由緒ある桂小路男爵家は、この数年で没落の一途をたどり、財政難にあえいでいた。母が生きていた頃はもっと腕の良い俥夫もいたのだが、次々に解雇されて今はこの剛造一人が残っていた。解雇せずとも、良い使用人はもっと給金のいい家に行ってしまい、残ったのは他の雇い主が見つからないような扱いにくい使用人と、母の代から仕えてくれている麿緒御付《おつき》の使用人、喜代《きよ》だけだった。

贅沢《ぜいたく》な女学校になど通える状態ではないと思うのだが、父は頑《かたく》なに麿緒が女学校に通うことにこだわった。そこには一つの目的があったのだ。

目的が達成されて初めて、麿緒はそのことに気付いた。

「お前は私の言う通りにしていれば万事うまくいくのだ！」

それが父の口ぐせだった。

家の中での父の権威は絶対で、誰も逆らうことは許されなかった。

少しでも口答えなどしようものなら……。

麿緒は手首に走るまだ痛々しいみみず腫れをぎゅっと押さえた。

（お父様にあんなこと言わなければ良かった……）

一人、二人と減っていく使用人の数に不安を覚え、今朝顔を合わせた時つい尋ねてしまった。

「事業の方は順調なのでございますか？」

そう尋ねた途端、父が手に持っていた鞭《むち》が麿緒の手首に振り下ろされた。

「うるさい！　女が仕事のことに口を出すな！　はしたない！」

いつの頃からか、父が家にいる間ずっと手にしている鞭は最初使用人に向けられていた。

しかし、この半年ほどは麿緒にも平気で振り下ろされるようになっている。

（お父様は最近おかしいわ……）

不安でたまらないが、逆らうこともできない。

そんな父は、磨緒が贅沢をすることも一切許さなかったが、一番贅沢な女学校に通うことだけはこだわった。

「女学校なんてやめさせてくれていいのに……」

振り落とされそうな車にしがみつきながら、ぽつりと呟《つぶや》く。

同年代の少女たちが憧れる名門、白椿《しろつばき》女学館だが、磨緒は憂鬱《ゆううつ》だった。

元々人付き合いが上手ではなく集団になじめなかったのだが、先週から一層学校が嫌になった。

(このまま振り落とされて大怪我をしたら行かなくていいかしら)

そんなことまで考えてしまうほど女学校が嫌だった。

(私はいつからこんなことしか考えられない人間になったのかしら)

母が生きていた頃は、もっと溌剌《はつらつ》として物おじしない子供だったように思う。

けれど環境が磨緒を追い詰め、鎧《よろい》を被《かぶ》せるように少しずつ変えてしまった。

母が亡くなってからいろんなことを諦めてきた磨緒だったが、この先どれぐらい諦め続ければいいのだろうと小さなため息をつく。

そんな磨緒の目の端に、黒い影がすっと横切ったような気がした。

(黒猫?)

最近よく見かける。
視線を感じて振り向くともうそこにはいないのだが、磨緒は黒猫だと確信していた。
立てた耳の残像と猫独特のすんとした視線を感じるのだ。
（野良猫が増えているのかしら）
そんなことを考えているうちに、人力車は女学館に着いていた。

一、白椿女学館

激動の時代の流れの中で、それまで姫様と呼ばれ屋敷の奥深くで隠れるように育てられた少女たちは、富国強兵・文明開化の音頭と共に、突然、公家も武家も商家も一緒くたに華族という称号を受け東京に集められ、学びの場に引っ張り出された。

それが華族女学校。麿緒の通う白椿女学館もその一つだった。

二階建てのゴシック様式の美しい校舎には瀟洒《しょうしゃ》なレンガ造りの門柱が建っている。

その前にずらりと人力車が並び、華やかな着物に臙脂の女袴の少女たちが降りていた。

当初、時代を先取る洋装を基準服と定めていたものの、先取りし過ぎてなじめぬまま、数年前に宮中の女官が着る女袴を模した臙脂の袴が女学館の制服に定まった。

華美過ぎない着物と履物を合わせるようにと学生心得には書かれているものの、少女たちは競うように趣向を凝らし、フリルのついた洋装風の衣装の者や、牛革のブーツを履く者、大きな牡丹《ぼたん》の髪飾りをつける者など、朝の登校風景は華やいでいる。

「ごきげんよう、桂小路様」

麿緒は声をかけられて、はっと振り返った。

おさげ髪の下級生二人組だった。

「ごきげんよう」

麿緒はほっとして二人に会釈を返した。

二人は麿緒にお辞儀して嬉《うれ》しそうに同級生の輪に戻っていく。

「松組の桂小路様に挨拶を返していただいたわ」

「まあ！　噂の桂小路様ね。お美しい方よね。私もご挨拶してみようかしら」

「あの素敵な緑屋根の西洋館にお住まいの公家筋のご令嬢の方でしょ？　羨《うらや》ましいわ」

かしましい声を聞いて、麿緒は逃げるように教室に急いだ。

今、麿緒は女学館で渦中の人物だった。

白椿女学館は学年ごとに松組、竹組、梅組に分かれている。

この組分けはとても厳正なもので、学年が上がっても組が変わることは滅多《めった》にない。

多少の例外はあるものの、松組は公家の子女、竹組は武家の子女、梅組は勲功を受けて爵位を得た家の子女だった。

どの学年も松組が一番少ないのだが、高等科四年の麿緒の組は五年生も合同のため現在十五名ほどの生徒がいる。

その面々は世間に名の知れた錚々《そうそう》たる名家の令嬢ばかりだ。

麿緒も一応公家の出であるため、松組に所属していた。

だがどれほど格式高い家筋であっても、家長に商才がなければ没落していく時代だった。

先代が建てた豪奢な西洋建築の屋敷と土地はあるものの、父はいつも資金繰りに苦しみ、松組の他の生徒たちのような贅沢ができる暮らしではなかった。

流行りの洋装ドレスも、新しい絹織り友禅も、金細工の花簪《はなかんざし》も買う余裕などない。

亡き母の遺品を仕立て直して何とか取り繕っているのが現状だった。

同級生に貧しい暮らしを悟られぬようにと、目立たぬように息をひそめて過ごしてきた。

それなのに。

「あら、ごきげんよう。麿緒様」

校舎に入る手前で華やかな一団に声をかけられた。

真ん中に立つのは、白地に金糸で縁取った薔薇《ばら》柄の手描き友禅を着る九条塚久子《くじょうづかひさこ》だ。

松組の中でも特に名門の九条塚公爵家の令嬢だった。

「ご、ごきげんよう、久子様」

松組は皆、それなりの家の令嬢の集まりのため、お互い失礼のないよう無難に名前に

『様』を付けて呼び合うのが慣わしのようになっていた。

　でも目に見えない『格差』は誰もがはっきりと感じている。

「麿緒様ったら余程その矢羽根絣のお着物が気に入っていらっしゃるのね。確か去年も着ていらっしゃらなかったかしら？」

　久子が言うと、周りの女学生たちがくすくすと含み笑いをする。

「矢羽根絣って去年は流行っていましたけど……」

「梅組の人は今でもよく着ているみたいですわね」

　女学校の流行は目まぐるしく変わり、すぐに時代遅れになってしまう。

　最近は久子が着ているような洋花柄の着物が流行っているようだ。

「麿緒様は注目の人なのですから、松組に恥じない装いをして欲しいものですわ」

「松組がみんな麿緒様のようだと思われては迷惑ですものね」

　このところ毎日のように同じような嫌みを言われている。

「ご、ごめんなさい……」

　麿緒は何を言われても言い返すことなどできなかった。

　ずっと肩身の狭い生活を続けてきて、卑屈さが身についてしまったのかもしれない。

「あら、謝ることなどないのよ。その矢羽根のお着物で園城寺《おんじようじ》様を射止めたのですもの」

「……」

いつも最後にはこの話題に行きついてしまう。

「本当に。清太郎《せいたろう》様はどうして麿緒様をお選びになったのかしら」

「私達はきっといつものように久子様が選ばれると思っていましたのに」

園城寺清太郎から、先日担任を通して麿緒の桂小路家に縁組の申し出があった。

白椿女学館には、時折参観と称して華族の子息が結婚相手を探しにやってくる。

本人だけが来る場合もあれば、親子で来る者もいる。

幾度かの参観のあと気に入った相手が見つかれば、担任を通して縁組の打診があるのだ。

参観者があると教室がざわめき、すぐに誰かが今日の人はどこどこ家の長男だとか、資産家らしいとか、家はどこにあるのかまで担任に聞き出してくる。

見初められた者は、親の指示に従って結婚を決めて退学していく者や、婚約したまま卒業まで過ごす者、その縁談は見送って学校に残る者など様々だ。

高等科四年の松組は最も参観者の多い組だった。

来年の卒業と同時に輿入れを決める女学生が多いからだ。

四年生の間に縁談の申し込みがなければ、もう一年卒業を延ばす五年生もいる。

そんな花嫁候補たちが学ぶ組だったのだ。

久子にはすでに三人の子息から打診があったが、久子自身が断っていた。自分の意思で断れる者などほとんどいないのだが、久子の身分と美貌があればもっといい縁談があると思う気持ちも分からなくはない。

園城寺清太郎は、初めて参観に訪れた時から大騒ぎになった。

なぜなら容姿が際立って素敵だったからだ。

ウェーブのかかった肩までの茶色がかった髪と、彫りの深い整った顔立ち。

洋装が似合わない男性が多い中で、フランネルのブラウスさえも自然に着こなす洗練された雰囲気。

その容姿は結婚を夢見る少女たちの想像を掻《か》き立て、憧れの的となった。

そして子爵家の次男だが、豊富な資金力で実業家として活躍している。

彼が誰を選ぶのだろうかと、学校中で話題になっていたのだ。

麿緒は他人事《ひとごと》のように浮かれる同級生を見ていた。

まさか自分が選ばれるなんて思ってもいなかったから。

みんなは、きっとまた久子が選ばれるに違いないと噂していた。

久子もまんざらでもないように「園城寺様なら決めてもよいかしら」と言っていた。

それだけに松組でも目立たなかった麿緒に白羽の矢が立ったことが許せないようだ。

「園城寺様は……次男でいらっしゃるから養子に入れる家をお探しになっていたのです。だから一人娘で跡取りのない私をお選びになっただけです」

麿緒は陰で噂されている通りのことを久子たちに告げた。

「そんなことは分かっているわ。当然じゃない」

「そうでなければ久子様を選んでいらっしゃるに違いないもの」

「園城寺様は参観の時も久子様に話しかけていらっしゃったのよ」

「きっとご一緒に来られたお母様が養子に入る家をと決めてしまわれたのよ」

もう何度もいろんな人から言われた言葉だ。

麿緒もみんなの言う通りだと思う。

参観の時に特に清太郎から話しかけられたこともなかった。

目が合った記憶もない。

「まさか麿緒様、縁談をお受けになるつもりではないでしょう？」

「園城寺様は久子様を想っておられるのよ」

「想い合っておられる二人の仲を裂くようなことはなさいませんわよね？」

「もちろんお断りになるのよね？」

最後にはいつも問い詰められる。

磨緒だってできれば断りたかった。

けれど父は担任から縁談の話を受け取ると、大喜びで承諾してしまった。

「園城寺家とは、よくやったぞ磨緒！　武家筋の子爵だが、貿易事業が大成功していると聞く。おそらく桂小路家の公家の爵位が欲しかったのだろう。だが、これで資金繰りに苦しむこともなくなった。我が家は安泰だ」

その父の言葉を聞いて初めて、磨緒はなぜ自分が女学校に通っているのか分かった。

そして久子たちに何を言われようと、父を止めることなどできないことも。

「さあ、断るとおっしゃいましな」

「あなたのように地味な方では、園城寺様に釣り合いませんわ」

「身の程をわきまえなさいませ」

壁際に追い詰められた磨緒は、うつむいたまま何も答えられない。

「黙っていては分かりませんわ」

「はっきりなさいませ。ああ、本当にいらいらする方ですこと」

しかし、磨緒を取り囲む少女たちの背後から、突然ズザッと砂を蹴る音が響いた。

「きゃあ！」

久子たちが驚いて散り散りになる。

そして麿緒の横の壁に衝突するように大きな車輪の自転車が止まった。

カールした長い茶色の髪が麿緒の目の前を覆う。

「ち、ちょっと危ないじゃないの！」

「もう少しでぶつかるところでしたわ！」

非難する久子の取り巻きの声が聞こえているのかいないのか、彼女はゆっくりと自転車を壁際に止めて麿緒をちらりと見た。

(柳沢小夜子《やなぎさわさよこ》様)

同じ四年の梅組の人だ。

話したことはないが、有名人なので知っている。

髪にパーマネントをかけ、いつも黒地のメリンス友禅を着て黒い革ブーツを履いていた。

背が高く、中性的な雰囲気が素敵だと下級生から熱烈な人気がある。

そして何より、自転車で白椿女学館に通うのは小夜子一人だった。

「ここはいつも私が自転車を止めている場所なのだけど。会合でも開いているの？　だったら私を気にせず続けていいよ。ちょっと自転車の泥はねを拭いているから」

梅組の人たちは、松組の人には気おくれして話しかけることもできない者が多いが、小夜子にはまったくそういう様子がない。しかも。

（初めて近くで声を聞いたけれど……言葉遣いも中性的というか……。男性的なのね）

久子と取り巻きたちは、突然現れた部外者に憤然としている。

そして呆《あき》れたように言う。

「嫌ですわ。なんて野蛮な方かしら」

「これだから梅組の方は苦手ですわ」

小夜子は手ぬぐいで泥はねを拭きながら肩をすくめた。

「お互い様だね。私も松組の人は苦手だよ。ここで何を話していたのか全校生徒に発表してあげようか？」

「!!」

久子たちはぎくりとして青ざめた。

「な、なんのことかしら」

「もういいわ。行きましょ、皆様」

久子が言って、松組の面々は逃げるように去っていく。

残されたのは壁際に立つ麿緒だけになった。

「あの……ありがとうございます」

ついお礼を言ってしまった麿緒を、小夜子はぎろりと睨《にら》んだ。

「聞いていなかった？　私は松組の人が苦手なんだ。別に助けたわけじゃない」

「あ……ごめんなさい……」

慌てて謝る麿緒に、小夜子はため息をつく。

「あのさ、なんで言われっぱなしなわけ？　不当なことを言われたら言い返せばいいでしょ？　理不尽なことを言う傲慢《ごうまん》な人も嫌いだけど、抗《あらが》うこともせずに黙って従う人はもっと嫌いだ。じゃあね」

小夜子は言いたいだけ言って手ぬぐいを自転車にかけ、さっさと校舎に入っていった。

麿緒はその背を見送りながら、不甲斐《ふがい》ない自分が惨めだった。

小夜子の言う通りだ。

いつから人に言いたいことも言えなくなってしまったのか。

どうして誰かの言いなりになるばかりで、自分の思いを伝えることを諦めてしまったのか。

二、ティーカップの付喪神《つくもがみ》

「小さなレディ、麿緒。アフタヌーン・ティーを一緒にいかが？」

子供の頃、母の友人のイギリス人、アンが小さなティーパーティーをよく開いてくれた。

それはお茶に誘われる時の決まり文句のようなやりとりだった。

「喜んで。親愛なるアン」

麿緒はアンがくれた子供用のドレスをつまみ、覚えたての英語で挨拶をする。

英語を教えるために何度か日本にやってきたアンは、いつも桂小路家に滞在していた。

そのお陰で麿緒は女学校でも英語が得意だった。

外交官という仕事柄、外国人を泊めることの多かった祖父母は、外国人の建築家に依頼してこの西洋館を建てた。それはとても先進的なことで、桂小路家の緑屋根の西洋館は名所のように観光客が見物に来るほどだったという。

その一人娘だった母は父を婿養子に取り、結婚後もこの家に暮らし続けた。

幼い頃から外国人の生活に触れることの多かった母は、少しだけイギリスのアンの家に暮らしたこともある。そんな環境の中で自然に洋風雑貨に興味を持ち、特にアンの影響でティーカップを集めるのが趣味だった。

そうしてアンは、アフタヌーン・ティーという習慣を教えてくれた。

「イギリスでは、アフタヌーン・ティーが流行しているのよ。数十年前にベッドフォード公爵夫人が始めた習慣だけれど、来客のご婦人方の晩餐《ばんさん》までの空腹を補うために、お茶と軽食を振る舞うようになったのが始まりなのですって。お菓子やケーキと一緒にスコーンやサンドイッチを食べたりするの。今ではヨーロッパ各地にまで広がっているのよ」

アンは二段になった木製のケーキスタンドに、手製のスコーンやサンドイッチや洋菓子を色とりどりにのせて、小さな花を飾り、紅茶を振る舞ってくれる。

そして日本語混じりの英語で磨緒と母に本国のことをいろいろ教えてくれた。

色鮮やかに盛り付けられた二段のケーキスタンドを見て、子供心にわくわくした高揚感を今でも覚えている。

アンが帰国してからも、置いていってくれたケーキスタンドにお菓子をのせて、母と磨緒のアフタヌーン・ティーは続けられた。

「泣きべそ磨緒ちゃん。アフタヌーン・ティーを一緒にいかが？」

「喜んで。怒りんぼなお母様」

決まり文句に枕詞《まくらことば》をつけると、お互いに顔を見合わせて笑顔になってしまう。

怒られた時も、悲しいことがあった時も、嫌な気分の時も、この決まり文句を言えばすぐに幸せな気分になれる。二人の魔法の言葉だった。

こうして麿緒が十歳の時、母が亡くなるまで二人のアフタヌーン・ティーは続けられた。

桂小路邸の一階には、中庭に突き出した八角形のお洒落《しゃれ》なドローイングルームがある。ドローイングルームとは応接室のような意味を持ち、大きな窓からイングリッシュガーデンが見渡せる桂小路家自慢の迎賓の間だった。

壁面やマントルピース（暖炉の周りの飾り棚）にはロココ様式の彫刻が優雅に浮き出ていて、窓際の特等席にはローテーブルとソファが置かれている。

そこで麿緒は、母と過ごしながらたくさんのお茶の作法を教えてもらった。

麿緒の人生の中で一番幸福な日々だったと思う。

「お茶を淹《い》れる時はね、人数分より一杯多く茶葉を入れるの。この一杯はティーポットのフェアリーの分なのですって」

「フェアリー？」

「そう。日本では付喪神と呼ばれるものかしら」

母だけでなく祖父母の代から集めたティーカップは、どれもエレガントで貴婦人になったような気分にさせてくれる。麿緒はそんなティーカップを眺めるのが大好きだった。

ドローイングルームのガラスキャビネットには、ティーセットのコレクションが並んでいる。可愛《かわい》いカップたちが遠い国から日本の桂小路家にやってくるまでの歴史を聞くのも好きだった。

「これはね、ヴィクトリア初期のティーカップなのよ。イギリスで作られてオランダを渡ってアメリカの貿易商が手に入れたものを、私の結婚祝いにお父様が買ってきてくださったの。手描きの小花模様が可愛いでしょう? ハンドルに装飾があって珍しいのよ」

ハンドルというのはカップの持ち手のことで、よく見ると同じループ型でも大きさや位置が微妙に違う。

美しいカップの持ち方も教わった。

「ハンドルに指を通してはだめよ。人差し指と中指と親指の三本でつまんで、残りの二本の指は添えるようにして持つのよ。親指は上に出さないようにね。良いカップは持ちやすいの。ハンドルを正しく持ってみればカップの価値が分かるとアンは言っていたわ」

麿緒は小さな手で、教わった通りに紅茶を飲み優雅な時間を過ごしたものだった。

「西洋磁器にはたくさんの窯元《かまもと》があるの。マイセン窯、ミントン窯、セーヴル窯、ドッチア窯、ウェッジウッド窯、ヘレンド窯、コールポート窯、ウースター窯、ドルトン窯。他にもたくさんあるのよ。ほら、ここに刻印があるでしょう？」

カップの裏の刻印を見て、どの窯元のいつの時代のものか調べるのも楽しい。

「私が一番好きなのはね、ケットシー窯で作られたティーカップなの」

アイルランドの小さな窯元で作られた手描きのティーカップは特にお気に入りで、母はアンに頼んで手に入る限り取り寄せ、コレクションしていた。

牧歌的な風景を描いた温かみのあるティーカップが多く麿緒も気に入っていたが、小さな窯元は創業者のケットシーが亡くなると静かに閉じられ、今はもう生産はされていないらしい。

「もう作られていないなんて、残念だわ」

「じゃあお母様、私がこの絵を描いてあげるわ」

麿緒は、そのティーカップの絵を紙に写して描いては母にプレゼントした。

その頃、すでに病で寝込みがちだった母を喜ばせるために、麿緒は何枚も何枚も描いてプレゼントする。

そうして描いているうちに、子供の想像力は不思議な力をもたらした。

「お母様、ティーカップの付喪神は本当にいるのね」

「え？　どういうこと？」

母は病床で首を傾《かし》げた。

「だってほら、カップの中に隠れているでしょう？」

「磨緒ちゃんには何か見えるの？」

「うん。すぐに隠れちゃうからお顔は見えないけど、耳と尻尾だけ隠し忘れてしまうの」

カップの中から、時々なにか動物らしきものの耳と尻尾のようなものが見える。

「不思議なの。ケットシーのカップにだけいるの」

時々隠しそびれた耳と尻尾がぴょこりと見えている。

「このカップにはうさぎさんの耳。あっちのカップにはりすさんみたいな尻尾が見えるわ」

妙なことを言い出しても、母は決して否定しなかった。

「まあ、素敵ね。磨緒ちゃんはティーカップの付喪神に愛されているのね」

褒められたようで嬉しかった。

母は磨緒が話すことを、最後まで無邪気に信じてくれる人だった。

でも母が亡くなり滅多にキャビネットから取り出さないようになると、それらは次第に見えなくなった。

今では時々ちらりと残像のようなものが見えた気がするぐらいで、なにも見えない。

無邪気な子供の心が作り出した幻影だったのかもしれない。

母が亡くなった後、ガラスキャビネットごと麿緒が形見としてもらったティーカップたちは、今も部屋の隅に置かれている。

あれから一階のドローイングルームは父が来客用に使うようになり、麿緒は立ち入りを禁止されてしまった。母が亡くなってからは一度もティーパーティーをしていない。

(アフタヌーン・ティーに招待するような友達もいないしね)

いたとしても、父がドローイングルームを使うことを許すはずもなかった。

小さくため息をついて久しぶりにキャビネットを覗《のぞ》き込んだ麿緒は、はっとした。

「喜代！　喜代、ちょっと来て！」

麿緒は急いでドアを開けて、使用人の喜代を呼んだ。

「どうされたのですか、お嬢様？」

母の御付の使用人として働いていた喜代は、母が亡くなった後、麿緒の御付として働いてくれている。生まれた時からそばにいる喜代は、麿緒にとっては母のような存在だった。

桂小路家が没落して給金が減らされても、ずっと麿緒のそばにいてくれている。

麿緒が母のように慕っていても、決して使用人の範疇《はんちゅう》を超えることなく、節度ある装いと態度を変えない喜代は、この世で唯一信頼できる相手だった。

「キャビネットのティーセットが一つ失《な》くなっているの。ここに並んでいた、金箔《きんぱく》で縁取られた華やかなセットよ。なにか知らないかしら？」

キャビネットの中段にぽっかりと空間ができている。

「私は知りませんが……もしかして御前様《ごぜんさま》が……」

喜代は青ざめた顔で言葉を途切れさせた。

磨緒は小さくため息をつく。

「やっぱりお父様なのね。そうだろうとは思ったけれど……」

これで三回目だ。

資金繰りに困ると勝手に磨緒のキャビネットからティーセットを持ち出して、売っているらしい。

「でも……あのティーセットは売っても大した金額にはならなかったでしょうに」

金箔が豪華に見えたのかもしれないが、あまり価値のあるものではない。

母は、貰《もら》い物だけど大量生産であまり丁寧に作られたカップではないと言っていた。

「お父様にはティーセットの価値なんて分からないのね」

勝手に持ち出されたティーセットは、金箔がふんだんに使われた派手に見えるものばかりだった。派手なものほど価値があるのだと思っている。

母が大切にしていた本当に価値のあるコレクションは、今は父に持ち出されないように箱に入れてベッドの下に隠してあった。ケットシーのカップももちろんしまってある。

そしてどこにでもありそうなティーセットを主に飾っていた。

「では奥様が大事にされていたティーセットではないのですね？」

喜代はほっとしたように息を吐いた。

「ええ。それにしてもお父様という人は……」

祖父母が生きていた頃、外交官補佐として働いていた父はその縁で桂小路家の養子に入ったのだが、祖父が亡くなると職場の上司とそりが合わなくなってやめてしまった。

そして桂小路家の資産を元手に貿易の仕事を始めたのだが、失敗続きだった。

商才というものが父にはないらしい。

物の価値を見極める目が絶望的に欠落しているのだ。

しょっちゅうまがい物をつかまされて損失を出していた。

それでも母が生きていた頃は、母の助言でなんとか切り抜けることができていたのに。

母が亡くなってから、暮らしは苦しくなっていく一方だった。

「お父様はまた事業に失敗したのかしら。ねえ、喜代。この家は大丈夫なの？」

父は、生前の母にも自分の仕事のことをとやかく言われるのが大嫌いだった。

「女が金のことに口を出すな！　はしたない！」と言って母に冷たく当たっていた。

海外との貿易などという先進的な仕事をしているくせに、男尊女卑の古い固定観念に凝り固まったようなところがある。

父は分《ぶ》が悪くなると怒鳴り散らして暴力で誤魔化《ごまか》そうとするのだ。

母が生きていた頃からその片鱗はあったが、母が亡くなってからは歯止めが利かなくなっているようだった。

磨緒は何に怒り出すか分からない父が恐ろしく、少しずつ無口な少女になっていった。

そして、いつしか自分の意見を言うことが怖くなり、従うだけになってしまった。

磨緒が本音を言えるのは、今では喜代だけだった。

「御前様はお嬢様と園城寺家の縁談が決まり、大変喜んでおられました。園城寺様と組んで事業を立て直し、お婿様に引き継ぐつもりでいらっしゃるようです。希望が見えてきたとおっしゃっていましたよ」

「だったらいいのだけど……。でもティーセットを売らなければいけないほど困っているのはどうしてなのかしら……」

「さあ……私は御前様のお仕事のことは分かりませんが……」

結局父がどんな仕事をしているのか、磨緒と喜代にはさっぱり分からなかった。

「それよりもお嬢様、明日は女学校の後、園城寺家との顔合わせがあるそうでございます。旦那様より園城寺家に侮られぬような装いをと言いつかっております」

「そんなことを言われても……」

新しい着物など、もう何年も買ってもらっていない。

「ですので亡き奥様が若い頃着ておられた振袖を、洗い張りして袴に合うように少しだけ袖を短く仕立て直してみました。鳳凰《ほうおう》をあしらった吉祥文様の色鮮やかな友禅縮緬《ちりめん》です」

喜代が器用に仕立て直してくれるので助かっている。

「いつもありがとう、喜代」

喜代がいなければ、磨緒は女学校でも体裁を保てなかったことだろう。

「それにしても園城寺家の清太郎様はどうして私をお選びになったのかしら。養子に入るなら他にももっと裕福なお家のご令嬢がたくさんいるのに」

「はたからは、お家の内情までは分かりませんからね。桂小路家は先代が建てられたこの緑屋根の西洋館のおかげで資産家に思われていますので」

それに数年前までは、見栄っ張りな父がよく庭で園遊会を開いたりしていた。

今ではそんな余力もないのだが、まだその頃の印象が強く残っているのだろう。

「清太郎様は桂小路家の実情を知ってもお気持ちが変わらないかしら」

「お嬢様は清太郎様ではご不満なのですか？」

「そんなことはないわ」

元々、幼い頃から父が決めた相手と結婚するものだと思ってきた。

亡き母もそうやって父と結婚した。そういうものだと思っている。

同級生の中には、十歳以上年の離れた相手と結婚する人もいた。まったく好みの外見ではないと泣きながら嫁いでいった学友もいる。

「清太郎様は学友の皆様が羨ましがるほど見目麗しい方よ。不満なんてないわ」

「ご身分も武家の血脈を持たれる子爵様と聞いていますしね」

外見よりも学友たちが一番恐れるのは、爵位のない相手と結婚することだった。

公家や大名の血筋を引きながら、家を保つことができずに資産家の商人の支援を目当てに結婚させられる華族令嬢が時々いた。最近増えている。

そこまでになると女学校に通う余裕もなく、白椿女学館のような名門では滅多にないことだったが、時々噂に聞くことがあった。

久子たちはそんな人のことを『落ちぶれ婚』と言っていつも陰口を叩《たた》いている。

「ご存じかしら、京の公家筋の康子《やすこ》様。爵位のない商家に嫁いだそうでございますわ。お相手は大層な資産家なのかもしれませんけど、そんなことになったら私は生きていけませんわ」

「本当ですこと。もう恥ずかしくて表を歩けませんわよね」

「私もお父様に、落ちぶれ婚だけは勘弁してくださいませとお願いしていますの」

そんな風に話しているのを聞いたことがある。

梅組には何人か、平民から身を起こし、勲功によって爵位を得た家の令嬢もいる。

小夜子もその一人だったが、久子たちはそういう人達のこともひどく軽蔑していた。

「爵位といっても名ばかりの人と同じ学校で学ぶなんて嫌ですわ」

「名門の白椿女学館にどうしてあんな方達を入学させるのかしら」

「成金商家の方は多額の寄付金をしてくださるから断れないのですって」

「まあ。何でもお金で解決なさるところが下品ですわね」

松組の女学生は、特に自分の家に対して強い自尊心を持っている。

そんな風に育てられているのだ。

麿緒の父もそういう人だった。

麿緒が少しでも使用人に気さくに話しかけようものなら、「男爵令嬢の品位が下がる」と言って厳しく叱られたものだ。

亡き母は外国人との付き合いも多く、そういう部分も先進的な考えを持っていたので、父とは使用人の扱いを巡って時々口論になっていた。

磨緒は母の影響もあってあまり特権意識はないものの、落ちぶれ婚だけは恐れていた。

爵位のない相手と結婚することになれば、久子たちに何を言われるか分からない。

そんなことを考えると、清太郎は磨緒にとって願ってもない相手だった。

「顔合わせで、私に失望されなければいいのだけど……」

それが一番の心配事だった。

「大丈夫でございますよ。お嬢様は亡き奥様に似て、とてもお美しいのですから。いつも通りにしておられれば気に入って頂けますよ」

喜代は磨緒を安心させるように言ってくれる。

「そうね。粗相のないようにがんばるわ」

◇

翌日、剛造は御付の喜代を伴って二人乗りの人力車で迎えに来た。

「喜代。来てくれたのね。良かった」

「はい。御前様が御付もいない娘だと思われては侮られるとおっしゃいまして」

松組の生徒は登下校に御付の使用人がついてくる者がほとんどで、中には学校が終わるまで女学館の中にある御付待合の控え室で裁縫をしながら待っている使用人もいた。

喜代も麿緒が初等科の頃はいつも学校についてきてくれていたのだが、屋敷の使用人が少なくなるにつれて喜代の負担が大きくなり、今は一人で通っていた。

「喜代と二人で車に乗るのは久しぶりね」

剛造は重くて迷惑そうだが、久しぶりに二人で乗る人力車は楽しかった。

やがて『銀山楼』という女学館から近い小さな料亭の前で止まった。

「おお。こっちだ、麿緒。園城寺様はもうお待ちだぞ」

父は玄関口まで出て麿緒たちを待っていた。

畏《かしこ》まった和装の父は、今日はやけに機嫌が良さそうだ。

気難しい父が笑っているだけで、麿緒はほっとする。

こぢんまりとした料亭に入ると、美しい中庭の見える個室に案内された。

「いやあ、お待たせしました。園城寺様」

父が座敷に入ると、麿緒は畳に三つ指をつき挨拶をした。

「桂小路麿緒でございます。お初にお目にかかります」

喜代も麿緒の後ろで一緒に頭を下げる。

「おお。さすが白椿女学館に通うお嬢さんだ。礼儀作法が身についていますな」

「さあさあ、こちらへ。座ってくださいな、麿緒さん」

清太郎の両親は、満足げに自分たちの向かいの席を勧めてくれた。

喜代は部屋の隅に控え、麿緒と父は席につく。

麿緒の前には清太郎が座っていた。

「園城寺清太郎です。どうぞよろしくお願いします」

麿緒がそっと顔を上げると、柔らかい笑顔の清太郎と目が合った。

どきりとして慌てて俯《うつむ》く。

「これは想像以上に好青年でいらっしゃる。麿緒はこのような方に見初めて頂いて幸せ者ですな。いやあ、めでたい。本当にありがとうございます」

父は一目で清太郎が気に入ったようだった。そして麿緒も……。

(良かった。思ったより優しそうな方だわ)

父のような気の荒い人ならどうしようと思ったが、見た感じでは、それはなさそうだ。

「こちらこそ、桂小路様の緑屋根の西洋館は学生の頃から憧れでしたのよ」

清太郎の母がにこやかに告げる。

「まったくです。桂小路家のお屋敷は当時から有名でした。先代様は西洋の方々にも顔が広く、私も園遊会に行かせて頂いたこともあります。あのお庭は素晴らしかった。最近はあまり園遊会をされていないようで残念ですが……」

清太郎の父親が言うと、父は慌てて答えた。

「え、ええ。私の事業の方が非常に順調でして忙しいのです。久しぶりに園遊会を開きたいと思っているのですが。仕事がうまくいき過ぎるのも問題ですな。ははは」

嘘ばかり……と麿緒は心の中で思った。

この数年、父の仕事がうまくいっている様子など見たことがない。

園遊会など開く余裕があるはずもなかった。

「さようでございましたか。男爵様は外交官をやめられて実業家になられたのだとは聞きましたが、桂小路家の資産があれば安泰でしょうに。勤勉な方だ」

「可愛い娘のために少しでも資産を増やしてやりたいという親心です。そして清太郎くんのような方に婿になってもらい、由緒ある桂小路家を引き継いでもらいたいと願っていました。願った通りの方が現れて、私は嬉しいのですよ」

麿緒は父の言葉の一つ一つに不安を覚えた。

（お父様は嘘ばかりおっしゃってない？　本当に大丈夫なの？）

「いやいやこちらこそ、我が家の次男坊に良い家はないかと探していましたが、まさか学生時代に憧れた桂小路様の西洋館を引き継ぐ幸運に巡り合えるとは思いませんでした」

「本当に素敵だわ。清太郎さんがいずれあの西洋館の当主になるなんて、想像もしていませんでしたもの。良いご縁が見つかってこちらこそ嬉しいですわ。ね、清太郎さん」

母に促されるように清太郎が口を開いた。

「ええ。もちろん。僕も桂小路様の西洋館の前は通学途中によく通りました。どのような方が住んでいらっしゃるのかと、学生時代はいつも想像していたものです」

麿緒はちらりと清太郎を見た。

(やっぱり清太郎様は我が家の西洋館が気に入ったから、私に縁談を申し入れたのだわ)

分かっていたけれど、華族の結婚などそんなものだ。

少し落胆した麿緒だったが、それを見越したように清太郎が続けた。

「しかし僕が桂小路様を選んだのは、麿緒さんを一目で気に入ったからです」

麿緒ははっと目を見開く。

「白椿女学館を訪ねた時、気さくに話しかけてくれる女学生もたくさんいましたが、僕は最初から麿緒さんばかりを見ていました。けれど慎《つつ》ましい麿緒さんは少しも目を合わせて下さらず、かえって心に残ったのです」

ぽっと麿緒の頬が赤く染まった。

（嘘……。私を見ていて下さったの？　私が気付いていなかっただけで？）

清太郎の一言で沈んでいた麿緒の心が一気に弾んだ。

恋を知らない麿緒にとっては、これだけで運命を感じた。

（家も爵位も関係なく、私自身を選んで下さったのだわ）

それがたまらなく嬉しかった。

母が亡くなってから、家の中でも外でも思ったことすら言えなくなっていた麿緒は、自分の存在がどんどん小さくなっていくのを感じていた。そんな中で麿緒自身を認め、選んでくれたという清太郎の言葉は何よりも嬉しい。

「嬉しいことを言って下さるではないか。なあ、麿緒」

父が上機嫌で問いかける。麿緒は素直に肯《うなず》いた。

「はい。お父様」

はにかんで答える麿緒の言葉で、縁談はすっかりまとまった。

「ではさっそく、今後の日取りを決めてしまいましょう」

「そうでございますね。麿緒さんの女学校卒業を待って式をあげましょう」

「園城寺様はいつ頃がよろしいでしょうか？」

あっという間に話は進み、結婚の日取りまで決まってしまった。

「私は園城寺様ご一家とまだ話があるから、お前は喜代と先に帰っていなさい。若い娘が遅くまで出歩くものではない」

父は日が暮れ始めると、麿緒に告げた。

「まあ、もう帰ってしまわれるの？」

清太郎の母が残念そうに言った。

「最近は若い娘が横浜《よこはま》だ、勧工場《かんこうば》だなどと言って夕暮れに帰ってくることを許す家も多いようですが麿緒には禁じております。母がいない分、私が厳しくしつけておりますので」

父は自慢たっぷりに言う。

しつけられたというより、そんな華やかな場所に行くお金もなかった。麿緒自身も行きたいとも思っていないので、確かに夕暮れまで出掛けたことなどない。

これは今日の父の話の中で、唯一嘘ではなかった。

「さすが桂小路様のお嬢様ですこと。大事に育てられた方は安心できますわ」

「この後は若いお嬢さんにはつまらない話ですからね。清太郎、今度、女学校がお休みの日にでも、どこか楽しい場所に連れて行ってさしあげなさい」

父親に促されて、清太郎は麿緒に微笑《ほほえ》みかけた。

「はい。近いうちにお誘いしてもいいでしょうか、麿緒さん」

この清太郎と出掛けることを想像すると、急に恥ずかしくなった。

そして麿緒は真っ赤になって肯く。そのまま逃げるように喜代と共にお座敷を出てきた。

「まあ、照れて可愛らしいこと」

清太郎の母の笑い声を聞きながら、足早に出入口に向かった。

喜代と二人になると、麿緒は緊張から解き放たれたように息を吐いた。

「わ、私ちゃんとできていたかしら？　変じゃなかった？　喜代」

一人っ子の麿緒は男兄弟もおらず、今まで年の近い男性と話したこともなかった。

「ええ。ちゃんとできていましたよ。亡き奥様が御前様と初めてお顔を合わせられた時のことを思い出してしまいました」

そういえば喜代は母の結婚前から御付として働いていた。

「お母様も緊張しておられた？」

「ええ。亡き奥様は西洋の方々と親交を深めるような社交的な方でしたが、その当時はお嬢様と同じように若い男性と話をしたこともございませんでした。それはもう緊張なさって……、ちょうど今のお嬢様のようにはにかんでおられました」

「お母様がお父様にはにかんでいらしたの？　想像できないわ」

母の生前の記憶では、あまり仲のいい夫婦のように見えなかった。

「御前様も……初めての顔合わせでは、今日の清太郎様のようにとても優しい方のように見えましたから」

「お父様が清太郎様のよう？　嘘でしょう？　全然違うわ」

物心ついた頃から、気難しい顔で使用人を怒鳴っている姿しか見ていない。

「清太郎様に失礼だわ。喜代ったら」

大好きな喜代だけど、清太郎を侮辱されたような気がして嫌だった。

「申し訳ございません。つい心配になったものですから。亡き奥様がよく、初対面で優し過ぎる男性は信用できないなどとおっしゃっていたものですから」

「お父様のように変わってしまうと言うの？　清太郎様はお父様とは違うわ」

今日初めて話したばかりだというのに、麿緒は清太郎を庇《かば》いたかった。

「ええ。さようでございますね。余計なことを申しました。私はお嬢様が幸せになって下さるならそれでいいのです」

喜代が心配してくれるのは嬉しいけれど、麿緒は清太郎が運命の人のように感じていた。

「あら？　車がいないですね。剛造はどこに行ったのかしら？」

料亭の門前まで出たが、停まっているはずの剛造の人力車がなかった。

「困った人だわ。まだ出てこないと思ってどこかで休んでいるのでしょう。ちょっと探して参ります。お嬢様はここでお待ち下さい」

喜代が通りの方に探しに行って、磨緒はその場で待たされることになった。

ふとさっきまでの不安がよみがえってきた。

「本当はお抱えの俥夫すら教育が行き届いてないような家なのに……。園城寺様はずいぶん我が家を買いかぶっておられたようだけれど、大丈夫なのかしら……」

ため息をつく磨緒の前に、ふっと黒い影が走ったように見えた。

(黒猫？)

またあの黒猫の影を感じた。

目を向けるともう何もいないのだが、ティーカップの付喪神のように耳と尻尾の残像だけを感じる。ティーカップの中にしか見たことがないのに妙だった。

(でも考えてみれば、耳と尻尾だけが見える付喪神なんて変よね)

少し大人になった磨緒は、幼い願望が見せた幻だったのだと今は思っていた。

「緊張して疲れているのかもね……」

その時、気のせいだろうと思い直した磨緒の前に、突然大きな馬車が滑り込んできた。

黒塗りの幌付き馬車は黒い燕尾服《えんびふく》の馭者《ぎよしや》が手綱を持ち、品のいい黒馬が磨緒の鼻先まで突進して停まった。

「ひゃっ！」

驚いて後ろに下がると、馬車の中から「失礼」という低い声がかかった。

「薄墨《うすずみ》は美しいご婦人が好きなようだ。驚かせて済まない」

そう言って馬車の中から現れたのは、黒いマントを着た青年だった。

「薄墨？」

「この子の名だ。良い馬だろう？」

男性は馬車から降り立つと、馬のたてがみを撫《な》でながら答えた。

耳にかかるほどの黒髪の裾から、付け髪のような長い三つ編みが一本垂れている。

妙な髪型のせいなのか、どこか異国の雰囲気を持っていた。

彫りは深いわけではないが整った顔立ちで、背が高いからだろうか。

いや、服装が変わっているのだ。

黒マントの下は洋装のようだが、背広ではない。軍服でもない。

しかし軍服のような詰襟になった長い丈のフロックコートのような上衣《うわぎ》を着ていた。

不思議な文様の刺繍《ししゆう》が袖口や上衣の裾を彩っていて、黒いショートブーツを履いている。
見たことのない服装だった。
「こんなところにお一人で、どうかしましたか？　お困りなら家までお送りしますが」
磨緒はぎょっとした。
これは最近よく聞く人さらいの一味ではないかと思った。
小さな子供なら、馬車と風貌の珍しさでついていってしまうのかもしれない。
「い、いえ。供の者がすぐに戻ってくると思いますので……」
よく考えたら、一人きりで若い男性と話したのなど初めてだ。
父に見つかれば、醜聞が広まるとひどく叱られることだろう。
早く喜代が戻ってきてくれと心の中で願った。
それとも座敷に戻って、父たちを呼んでこようか。
しかし磨緒が心配する間もなく、料亭からおかみが出てきた。
「まあ、時任《ときとう》様。お待ちしておりました」
おかみの後ろから使用人も二人出迎えに来る。
明らかに磨緒たちよりも待遇がいい。上得意のようだ。
服装は変わっているけれど、どうやらまっとうな人間のようだ。

（まあそうよね。お抱えの馬車を持っているなんて、よほどのお金持ちだもの）

おかみに案内されて料亭の中に入っていく男性をぼんやりと見送っていた磨緒だったが、突然彼が振り返ったのでどきりとした。

「私は時任宗次郎《そうじろう》といいます。いずれ近いうちにお会いすることになるでしょう、桂小路磨緒さん」

「え？」

磨緒は心臓が飛び跳ねそうになった。

（なぜ私の名を知っているの？）

けれど問いかける前に彼は料亭の中に入っていってしまった。

そしてまた、黒猫の影が目の前を走ったような気がした。

三、婚約披露の園遊会

麿緒が清太郎と初顔合わせをして十日とたたない頃、父は突然庭で園遊会を開くと言い出した。

「結婚が決まったのだから、少しでも早く多くの人に知って頂いた方がいいだろう。この園遊会はお前の婚約披露のようなものだ」

そういって大急ぎで手はずを整えて、招待状を送ってしまった。

父は何かにひどく焦っているような気がした。

「こんな大げさにお披露目しなくてもいいのに……」

わざわざ一日だけの使用人を雇って、料理人も揃《そろ》えた。

麿緒は母の形見の振袖と帯で、髪には庭で咲く白百合を摘んできて飾り付ける。

「園城寺様に頼まれたそうでございますよ。是非にと言われ、断れなかったようでございます。かなり無理をしてご用意なさったご様子ですね」

喜代は麿緒の髪を結いながら心配そうに告げた。

麿緒のティーセットを飾っていたキャビネットも、いつの間にか空っぽになっていた。全部どこかで売りさばいてしまったらしい。

「こんな無理をしたところで、清太郎様が婿に入られたらすぐにばれてしまうのではないかしら。それなら正直に言っておいた方がよいのではないの？」

清太郎とは、あれから一度だけ茶店《ちゃみせ》に出掛けた。

喜代も付き添い、剛造の人力車で待たせていたので、ほんの少し話しただけだが、最初の印象と変わらない。

終始紳士で、麿緒をきちんとエスコートしてくれて、ますます好きになった。

そして自分を大切にしてくれる清太郎の誠実さを感じた。

「清太郎様なら正直に話せば受けとめて下さると思うの。そしてお父様の事業にも援助して下さるのではないかしら」

これほど自分を大事にしてくれる清太郎なら、何があっても守ってくれるような気がした。清太郎に愛されているのだという自信が、下がり切っていた麿緒の自尊心を高めている。愛とはそれほど固い絆を結ぶものだと信じていた。

「殿方とは……結婚とは……それほど甘いものではございませんよ」

喜代は実は結婚していた時期がある。

母が結婚した翌年に喜代も結婚し、しばらく通いで働いていた。

しかし三年ほどで離縁して、結局その後住み込みの御付として働くことになった。

相手は働きもせずに呑《の》んだくれているような、あまり良い人物ではなかったようだ。

「私も奥様も、見比べる男性もいないままに運命の相手だと思い込み結婚してしまいました。お互いに男運が悪かったようねといつも話しておりました」

母は磨緒に父の悪口を言うことはなかったが、喜代には愚痴をこぼしていたようだ。

「奥様は、お嬢様の相手だけは自分がしっかり見極めると言っておられました。けれど、病で早くに亡くなってしまわれて、私にお嬢様のことを頼むと……。もちろん結婚相手のことだけではなかったでしょうが、おっしゃっていました」

「喜代は……清太郎様が気に入らないの？」

磨緒は尋ねた。気に入らないと言われても、もうこれから婚約披露をするのだ。

今更どうにもできない。

「いえ……。私は自分も離縁しているぐらいですから見極める目など持ってもいないのです。それに私が反対したところで御前様を止められるはずもございません。ただ……なんだか奥様に責められているような気がして不安なのです」

「喜代が喜んでくれないなら……悲しいわ」

亡き母に反対されているような気がしてしまう。

しょんぼりとする麿緒を見て、喜代は慌てて言い直した。

「いえ、喜んでいない訳ではございません。清太郎様がお嬢様の信じる通りの方で、この先ずっと変わらずにいて下さるなら喜代は何より嬉しいのです。そんな方であって欲しいと願っていますわ。すこし余計な心配をし過ぎたようです。どうかお忘れ下さい」

「清太郎様はきっと大丈夫よ。心配してくれてありがとう。喜代」

麿緒はこの結婚で何かが変わるような気がしていた。

家では父の言いなりで女学校でも肩身が狭かったけれど、これからは母が生きていた頃のように、すべてが明るく変わっていく予感がする。

(うん。きっと大丈夫。これからは清太郎様を信じて生きていこう!)

母の振袖を着て鏡の前に立つ自分に気合を入れた。

「それにしても、そろそろお客様もお見えになるというのに、お父様はまだお戻りではないのかしら」

父は今朝早く電報のようなものを受け取って、慌てて出掛けていった。

麿緒が不安になって「どちらに行かれるのですか? 園遊会が始まってしまいますわ」

と言うと、「うるさい！」と怒鳴り返された。

「いいからお前は準備をしておけ！」と言い捨てて行ってしまった。

いつものことだが、こんな日まで怒鳴らなくてもいいのにと悔しかった。

しばらくすると、桂小路家の「表《おもて》」の仕事を取り仕切る家令が、珍しく麿緒の部屋にやってきた。父の秘書のような仕事をする人だ。

「お嬢様、お客様がお見えになり始めました。ご学友の皆様のようです。お出迎え下さい」

家令が麿緒の部屋にまでやってくることなど滅多にない。冷たい雰囲気の人で、麿緒はあまり好きではなかった。

「お父様は？　もう戻られたの？」

「いえ……まだ。ですので、お嬢様が中心になってお出迎えして頂かないと……」

家令は自分も迷惑だとでも言いたげに告げた。

「そんな……。私が園遊会を取り仕切るの？」

いつもは父が「女が表のことにしゃしゃり出るな！」と怒鳴るのを家令も冷ややかに見ていただけのくせに、こんな時だけ表に押し出すなんてひどくないだろうか。

「御前様がいないとなれば、このお屋敷の責任者はお嬢様です」

家令は冷たく言い放つ。

「無理よ。お父様がご招待した方達なんてよく知らないもの」

父が勝手に出した招待状だ。白椿女学館の人達だって本当は招きたくなかった。

それでなくとも結婚が決まったと分かってからの久子達は、ますます麿緒を目の仇《かたき》のようにしているというのに。

「ではせめて女学館のご学友だけでもお嬢様がもてなして下さいませ。私は御前様のお仕事関係の方達を案内いたしますので」

家令は馬鹿にしたような小さなため息と共に答えた。

この家の人達は、「お嬢様」と呼びながらも麿緒に対して敬意を持っている者などいない。父に仕える使用人は、みんな父に似てくるようだった。

「わ、分かりました」

麿緒は仕方なく、庭に出て学友達を出迎えた。

「本日はお招き下さってありがとうございます。麿緒様」

一番乗りにやってきたのは、久子とその取り巻き達だった。

みんな女学校と違って洋装のドレスを着ている。西洋館での園遊会ということで、普段着る機会のないドレスを着てきたのだろう。とりわけ久子のドレスは豪華だった。袖も首元もフリルで覆われ、お尻の部分を高く上げた最先端のドレスらしい。振袖姿の麿緒よりも久子の方が主役に見える。

「ようこそお越し下さいました、皆様。どうぞこちらへ」

麿緒は不安な気持ちのまま、久子達を庭に招き入れた。

祖父母がこだわって作ったイングリッシュガーデンは、両側に草花が咲く石畳を通り、薔薇のアーチを抜けた先に芝生の広場がある。藤棚の下にベンチが置かれ、木蓮が香りのよい花をつけ、定家葛《ていかかずら》が塀に巻き付くように周囲を覆っている。

「まあ、素敵なお庭ですこと。桂小路様の西洋館は有名ですけど、奥のお庭もこんなに広いのですね。羨ましいですわ」

母が生きていた頃よりもずいぶん花が減ったが、先日まで雇っていた庭師がきちんと手入れしてくれていたので、まだ保てていた。

「本当ですわ。麿緒様ってやっぱり資産家でしたのね」

「女学校ではわざと質素にしておられたのね」

「今まで失礼なことを言ってごめんなさいませね」

「いえ……」

妙に好意的な言葉が却《かえ》って恐ろしい。

「それにしても、こんなに派手に婚約を披露なさるなんて、麿緒様って意外に派手好きですのね。知りませんでしたわ」

「婚約披露で園遊会を開かれるなんて……なかなかいらっしゃらないわよね」

「よほど園城寺様との婚約を見せつけたかったのでしょうね」

「いい性格をしていらっしゃいますこと」

やっぱりこんな流れになると思っていた。

「いえ。園遊会は父が勝手に決めてしまって……。私は身にあまることだと思っているのです。お気を悪くされたならすみません」

麿緒はこんな日でも謝ることしかできない。

「あら、謝ることなどありませんわ。麿緒様のお気持ちはよく分かりましたもの」

「私の気持ち？」

麿緒は久子に聞き返した。

「私への宣戦布告という意味でございましょう？　これから卒業まで楽しい日々が過ごせそうですわ」

「そ、そんな……。宣戦布告だなんて……。私はそんなこと……」

今までも充分肩身が狭かったけれど、これからもっと地獄の日々になる。

青ざめて俯く麿緒を面白がるように、久子の取り巻きがくすくす笑う。

しかしその時。

「やあ、これは白椿女学館の方々ではないですか」

はっと麿緒が見上げると、隣にフロックコートを粋に着こなした清太郎が立っていた。

いつの間にか到着していたようだ。

久子達は急に取り繕ったような笑顔になる。

「あ、あら。本日はおめでとうございます。園城寺様」

「ありがとうございます。実は僕の学生時代の友人も呼んでいまして、先ほどからこちらの美しいご一団はどなた達だろうかと尋ねるのです」

「ま、まあ。美しいご一団だなんて。お口がお上手ですこと」

久子達は嬉しそうに顔を見合わせた。

「後で友人に紹介させて下さい。麿緒さんのご友人なら安心して紹介できます」

久子達はそわそわと嬉しそうにすると、急に態度を変えた。

「こちらこそ園城寺様のご友人なら安心ですわ。ねえ、皆様」

「ええ。私達は麿緒様と女学館で仲良くしておりますの」

「これからも仲良くして下さいませね。麿緒様」

清太郎が間に入っただけで、嘘のようにみんなが好意的になった。

「え、ええ。もちろん。こちらこそ仲良くして下さいませ」

まるで絵本で見た王子様のようだと麿緒はときめいた。

「麿緒さん。あちらにご紹介したい人がいるのです。では、皆様、後ほど」

「ええ。お待ちしていますわ」

清太郎は久子達にスマートに言って、麿緒を連れていく。

「あ、あの。清太郎様。紹介したい方とは？」

問いかける麿緒に、清太郎はいたずらっぽい笑顔を向けた。

「嘘ですよ。麿緒さんが困っていらっしゃるように見えたのでね」

「まあ……」

自分をさりげなく助けてくれたのだと思うと、ささやかな喜びが込み上がる。

「男爵様は急用で出掛けておられるそうですね。家令の方に聞きました。麿緒さんはさぞかし不安だったことでしょう。今日の接待は僕に任せて下さい。父と母も男爵様が戻られるまで場を持たせてくれると言っています。どうぞご安心下さい」

「清太郎様……」

磨緒にとっては涙が出るほど嬉しい言葉だった。

(やはり清太郎様はお父様とは全然違う。いつでも優しくて、私が困った時にはさりげなく助けて下さる頼もしい方だわ)

「ああ、友人が呼んでいる。少し待っていて下さい。すぐに戻ってきますから」

清太郎はそつなく声をかけて回りながら、来客を迎え入れてくれているようだ。

芝生の広場には、白いクロスをかけたテーブルが置かれ、一日だけ雇った料理人達が西洋風の庭に合わせた料理を並べてくれている。

急いで刈り込んで手入れした芝生には、腰を膨らませた洋装ドレスや金刺繍の入った着物姿の婦人達と背広や軍服姿の男性達が談笑している。

雇われ給仕達は飲み物を配り歩いて、忙しそうにしていた。

外交官の家系であった桂小路家の園遊会は、西洋のガーデンパーティーの意味合いが強く、外国人の招待客も何人かいて当時から先進的だと言われていた。

そんな桂小路家での久しぶりの園遊会を、みんな楽しんでくれているようだ。

かかった費用のことをつい心配してしまうが、きっと父がなんとかしたのだろう。

「お嬢様、大丈夫でございますか?」

「喜代」

喜代は白い割烹着《かっぽうぎ》姿で手伝いに駆り出されていた。

少し手が空いた隙に磨緒が心配で見に来てくれたらしい。

「ええ。清太郎様が私の代わりに取り仕切って下さっているの」

「まあ、そうなのですね」

「ねえ、やっぱり清太郎様は良い方でしょう？　お父様とは違うでしょう？」

磨緒は頼りになる清太郎を自慢したい気分だった。

喜代は肯いて微笑んだ。

「ええ。そうでございますね。清太郎様を疑うようなことを言って申し訳なかったですわ」

磨緒は喜代が認めてくれたことが嬉しかった。

「招待客の皆様も庭にお入りになられたようですし、あとは御前様が戻られたら、皆様の前で婚約の発表をするだけですね。お嬢様の思い出の一日になることでしょう」

最初は婚約披露なんて晴れがましいと思っていたけれど、これで良かったのかもしれないと思い始めていた。

「私……清太郎様と結婚したら変われる気がするの。お母様が生きていた頃のように、物怖《もの》《お》じしなくて、自分の意見をはっきり言える人になるわ。清太郎様を支えることのできる立派な奥様になるの」

「ええ、ええ。お嬢様ならきっとなれますよ」

喜代は少し涙ぐんで答えた。

「後はお父様が早く戻ってきて下さればいいのに。こんな大事な日にいったい何をなさっているのかしら」

「本当ですね。きっともうすぐ戻ってこられますよ」

しかし父は園遊会が佳境になっても戻ってこなかった。

招待客も最初は歓談して楽しんでいたものの、時間を持て余し始めた。

「いったい桂小路男爵はどちらに出掛けておられるの？」

清太郎の母もさすがにいらいらと麿緒に尋ねた。

「こんな大事な日に客を待たせるなんてどういうつもりだ。なんとか場をおさめていたが、さすがにこれ以上はどうにもできないぞ。我々を馬鹿にしているのか！」

清太郎の父も怒りだした。

「も、申し訳ございません。もう間もなく戻ると思いますので」

麿緒は恐縮して謝った。

「君のせいではないよ。もう少し待ってみよう」

清太郎は麿緒を庇って優しく声をかけてくれる。

「もうこれ以上は待てない。我々だけで婚約の発表をするしかないな」

「ですが屋敷の主人が現れないままで婚約発表なんて、いい笑い者ですわ」

「うーむ。今日の発表はやめて、一旦《いったん》延期にするか」

麿緒はショックだった。

(お父様ったら。何をなさっているの？　全部ご自分が言い出したことなのに)

今までも父のことは好きではなかったが、今日ほど嫌いに思った日はない。

(清太郎様と婚約を発表して、今日から変わろうと思っていたのに)

招待客がざわつき、久子が不機嫌な様子で麿緒の元にやってきた。

「麿緒様。婚約の発表をなさるのではなかったの？　いったいいつまでじらされるおつもりかしら？　私達は踵《かかと》の高い靴を履いてきましたから、もう疲れてしまいましたわ」

「ごめんなさい、久子様。もう少しだけお待ち下さい」

「もう少し、もう少しって、さっきからずっと言ってらっしゃるじゃないの」

「何も発表されないのなら、もう帰ってもいいかしら？」

ざわざわと帰りかける招待客も現れ始めた。

「男爵め！　園城寺家に恥をかかせおって！」

ついに堪忍袋の緒が切れたように清太郎の父が声を荒らげた。

「お父様、落ち着いて下さい」

おろおろとする麿緒を庇うように清太郎が父を諌《いさ》める。

そんな麿緒達のところに、家令が慌てたようにやってきた。

「どうしたの？　お父様が戻ってこられた？」

「いいえ、お嬢様に少しお話を伺いたいとお客様が……」

「話？　お客様って？」

家令が答えるよりも早く、ずかずかと男達が二人、庭に入ってきた。

「失礼。こちらは桂小路男爵様のお宅でよろしいかな？」

「あなた方は……」

その服装はサーベルを持った警官のものだった。

「警察の方が園遊会のさなかに何の御用でしょうか？」

清太郎が動揺する麿緒の代わりに尋ねた。

何事かと招待客達が麿緒達の周りに集まってくる。

「実は……この先の橋の上から投身自殺がありまして……」

「投身自殺？」

磨緒は青ざめて、清太郎が支えるように磨緒の背に腕を回した。

「先ほど遺体が上がり、即死の状態だったようであります」

「まさか……」

庭園が騒然としている。

「橋の上に遺書がございまして。そこに桂小路男爵様のお名前が……」

磨緒はふらりと眩暈《めまい》を起こす。

「磨緒さん！　大丈夫ですか？」

清太郎が磨緒をいたわるように支えた。

「こちらが遺書でございます。ご確認下さい」

遺書は家令が受け取り、裏の署名をじっと見つめる。

「御前様の字に間違いないと思います」

家令が答えると、磨緒は目の前が真っ暗になったような気がした。

警官は気の毒そうに磨緒を見ると、家令に告げた。

「では……少し落ち着かれましたら、警察署の方にご遺体を引き取りに来て頂けると助かります。その時、手続きについては説明致しますので。お待ちしています」

警官は黒山の人だかりとなった招待客達に軽く頭を下げて行ってしまった。

「そんな……まさか……お父様が……」

嫌いだとは思ったが、死んで欲しいと思ったことなどない。

「な、なんということだ……」

「信じられないわ。こんなおめでたい日にどうして……」

「何があったのだろう。誰かに突き落とされたのではないのか？」

「でも遺書があったのでしょう？」

招待客達は口々に疑問を発し、こそこそと話し合っている。

「では今日の婚約発表はどうなってしまうの？」

「男爵が亡くなったのだから、婚約どころではないだろう」

「園城寺様はどうされるおつもりだろうか？」

「婚約発表の日に家長が自殺などという縁起でもないお相手と……」

「しっ……。聞こえますわよ」

園城寺子爵はたまりかねたように声を上げた。

「み、皆様。本日はお越し頂きながら大変申し訳ないのでございますが、このような事態になり園遊会を続けることはできません。申し訳ないのですが、ここでお開きとさせて頂きます」

子爵が告げ、清太郎の母もわなわなと震えている。

磨緒は清太郎の腕にしがみつきながら、ただただ呆然《ぼうぜん》としていた。

ざわざわと招待客が帰っていく中、久子達が磨緒の周りに集まった。

「まあ！　なんということでしょう。磨緒様」

「こんな大切な日にお父様が自殺されるなんて……」

「自分のことのように心が痛みますわ」

「どうかお気を強くお持ちになってね」

みんな涙まで浮かべて芝居がかった同情の表情を浮かべている。

勝ち誇ったような顔の久子だったが、磨緒はそんなものもどうでも良かった。

何も聞こえていないような磨緒を見て、久子達は清太郎に挨拶をして帰っていった。

それと入れ替わるようにして、事態を聞いた喜代が駆けつけた。

「お嬢様！　大丈夫でございますか？」

「喜代……。どういうことなの？　いったいどうなったの？」

「それを聞きたいのはこちらの方よ！　磨緒さん！」

招待客が庭園にいなくなったのを見計らって、清太郎の母が叫んだ。

「どういうことだね！　こんな日に自殺をするとは！　何を考えているのだ！」

清太郎の父もすっかり憤って尋ねた。

「きちんと説明してくれ！　こっちは何も分からないんだ！」

「す、すみません……。でも……私も何も分からなくて……」

麿緒は呆然としながら、小さな声で呟く。

子爵のちっという舌打ちを聞いて、そばにいた家令が大きなため息をついて言った。

「いつかはこんなことになるのではないかと思っていたのです」

その場の全員が家令を見つめた。

「君は何か知っているのかね」

子爵に問われ、家令は肩をすくめて信じられないことを話し始めた。

「この家はもう終わりですよ。婿養子の手続きもできないまま御前様が亡くなり、男爵家の爵位は返上するしかないでしょう。その上、この桂小路家の代名詞とも言える西洋館もとっくの昔に借金の担保に入っています」

「な、なんだと!?　この屋敷は桂小路家の資産ではないというのか！」

園城寺子爵も初耳だったらしいが、麿緒も初めて聞いた。

「ええ。ずいぶん前に、岩重《いわしげ》という実業家に借金の担保として抵当権をつけられています。その上、岩重に借金の返済延期の代わりに保証人になるよう頼まれ、御前様は署名しています。その彼が今朝方、破産宣告を受けたのだと電報が来ました。彼が破産すれば、この屋敷は債権者に取られ、彼の借金はすべて御前様に降りかかることになります」

「では……まさか桂小路家は……」

清太郎の母が青ざめた顔で呟く。

「ええ。無一文の上、この西洋館もすでに債権者の所有になっていることでしょう」

「ど、どういうことなの!? 男爵は最初から分かっていらしたの? それではまるで結婚詐欺ではないの! 清太郎さんはとんでもない貧乏くじを引かされるところだったわ」

清太郎の母に問われ、家令は悪びれるわけでもなく肯いた。

「ええ。清太郎様さえ婿養子に迎えられれば、園城寺様が援助してくれるだろうと期待していたのです。岩重が破産する前に、なんとか正式に養子縁組をしてしまいたかったのでしょう。それで急いで手はずを整えたのですよ」

「な、なんということだ! 危うく我らも巻き込まれるところだったのか。なんたる悪質な男だ! 許せぬ!」

子爵は拳を握りしめ、清太郎の母は、きっと麿緒を睨みつけた。

「麿緒さん! あなたもすべて知っていたの? 大人しい顔をしてなんて人なの!」

「いえ……私は……何も……」

磨緒はぶるぶると首を振って否定する。

「嘘をおっしゃいよ！　男爵と一緒に企《たくら》んでいたのね！　あなたのせいで園城寺家はとんでもない恥をかいたわ！　清太郎さんの未来にもとんでもない泥を塗ってくれたわね！　どうしてくれるのよ！　責任を取りなさいよ！」

清太郎の母は磨緒に掴みかかって喚《わめ》き散らした。

「お、園城寺の奥様。どうかおやめ下さい。お嬢様は本当に何もご存じなかったのです」

喜代が慌ててとりなそうと、磨緒と母親の間に入る。

磨緒は反論もできないで、されるがままになっていた。

(何も知らなかったけれど……。お父様が見栄っ張りな嘘で家の実情を誤魔化していたことには気付いていた。私も騙《だま》していたことになるの？　清太郎様を……)

現実が受け止めきれない。

そして家令は修羅場を見て、吐き捨てるように告げた。

「やれやれ。私はろくでもない主人に仕えてしまった。御前様は桂小路家の婿養子として、大人しく持っていた資産だけを運用していれば良かったものを。商才もないくせに事業などに手を出すからこんなことになるのだ。おまけに岩重などという成金の事業家に借金などして、すでに落ち目の彼の保証人にまでなって。つくづく金に見放された男でしたよ」

父は使用人に好かれている人ではないと思っていたが、死んだ後でここまで言わなくてもいい。仮にも主人だった相手にひどすぎる言い様だ。

「悪いですが、私は今日をもって出ていかせてもらいますよ。お嬢様」

「な……。でも、桂小路家の表のことは父とあなたにしか分からないわ。この家はどうなるの？　私はこれからどうすればいいの？」

麿緒は父や家令が下す表の命令の通りに生きてきたのだ。

誰もいなくなったらどうしていいか分からない。

しかし家令は迷惑そうに口端を歪《ゆが》めた。

「お嬢様がどうするかですか？　そんなこと私に聞かれても困ります。私は安いお給金で雇われていた身ですよ。お給金も出ないと分かっているのに、これ以上ここにいて、お嬢様の身の振り方まで世話する義理などありませんよ」

「そんな……」

冷たい人だとは思っていたが、ここまでとは知らなかった。

「ああそうだ。お給金代わりに御前様の執務室にある貴金属をいくつか頂いていきますね」

「あなたという人は……」

その家令の言葉を皮切りに、屋敷に残っていた僅《わず》かな使用人達も、慌てて家中を物色し始めた。

「なんてことだ。安い給金だった上に、今月はただ働きなんて困るよ」

「私も給金代わりに何かもらっていくわ」

「俺もだ」

使用人達が泥棒のように家中の金目のものを持ち出していく。

「じゃあ、おいらはこの車をもらっていきますね」

外から聞き耳を立てていた俥夫の剛造も、一言声をかけて人力車と共に出ていった。

後に残ったのは、麿緒と園城寺親子と喜代だけだった。

「ああ……。信じられないわ。主人が主人なら使用人もなんてひどい家なの」

「呆れて物も言えん。帰るぞ！　婚約も発表する前だったことだし、我らは何の関係もない。ひどい詐欺に巻き込まれた被害者だ。本来なら慰謝料をもらってもいいぐらいだが、どうせ払う金などないのだろう。これ以上関わらないだけだ」

清太郎の両親も出ていく。

麿緒は蒼白になって清太郎の腕を摑んだ。

「そんな……。清太郎様……。どうか助けて下さい。私は父から何も知らされていなくて……。私は騙すつもりなどなかったのです。どうか、信じて下さい……」

清太郎は桂小路家の西洋館でも爵位でもなく、磨緒自身を一目で気に入ったのだと言ってくれた。何も持たない磨緒を愛してくれるのだと信じていた。

「ええ。信じますよ。磨緒さん」

清太郎の言葉に磨緒は希望の表情を浮かべる。

「あなたは何も知らなかった。僕を騙すつもりなどなかったのでしょう」

「清太郎様……。私を信じて下さるのですね」

安堵《あんど》の息を吐く磨緒だったが、清太郎は続けて告げた。

「けれど、あなたが騙したか騙していないかなど、どうでもいいのですよ」

「え？」

呆然とする磨緒に、清太郎は今まで見たことのないような、ぞっとする冷徹な微笑を浮かべて言った。

「あなたがどれほど誠実な女性であったとしても、屋敷も爵位もないあなたに何の価値があるのです？　そんなあなたと僕が結婚するとでも思っているのですか？　はっ。冗談はやめてくれ。誰が一文無しの女なんかと！」

「清太郎様……」

紳士の仮面を脱ぎ捨てた清太郎に唖然とする。

「屋敷と爵位がセットになってこその愛でしょう？　あなたと結婚するような華族の男は、もうこの日本のどこにもいませんよ。とんだ時間の無駄だった。さようなら、麿緒さん」

捨て台詞《ぜりふ》を吐いて、清太郎は麿緒を一瞥《いちべつ》して去っていったのだった。

四、怪しい救世主

「今のは清太郎様だった？　嘘よね、喜代」

清太郎が去っていった庭園で、磨緒は呆然と呟いた。

「お父上を亡くされたばかりのお嬢様に、なんてむごいことを……。仮にも結婚しようと思っていた相手に、なんの思いやりもないなんて……うう……」

喜代は磨緒を抱きしめ、涙ぐんだ。

「やはり裏表なく誠意のある殿方などいないのですわ。みんな、みんな、必要なものを手に入れるためだけに女性を利用する人ばかりです。そして手に入れた途端に豹変《ひょうへん》するのです。もしもお嬢様に何も問題がなくても、清太郎様はいずれ豹変していたことでしょう」

最初に喜代が心配した通りだった。

紳士に思えた清太郎も、父と変わらない人だった。

「清太郎様は違うと思ったのに……。私という人間を好いて下さったと信じたのに」

少し芽生え始めていた自尊心が、音を立てて崩れていく。

やはり自分はなんの取柄もない空っぽの存在で、他人の言いなりになるしかないつまらない人間なのだと痛感してしまう。

「どうしよう、喜代。私はこれからどうなるの？　私はもう男爵令嬢でもないの？」

「お嬢様……」

喜代も途方にくれていた。

家も財産も失った麿緒は、この先どうやって生きていけばいいのか。

園遊会の後片付けもしないまま、庭のテーブルも軽食もそのままになっている。

人々が飲み干したグラスも、洗われないままに放置されていた。

日雇いの使用人達も仕事を放棄したまま帰ってしまったらしい。

身分もお金もない人間に、他人はとことん残酷なのだと身をもって知る。

そしてさらに残酷な現実が待ち構えていた。

「おう、ここが桂小路家の西洋館ってやつか」

「邪魔するぜ。なんだ、使用人もいないのか」

見るからにガラの悪そうな男が二人、断りもなしに庭に入ってきた。

「な、なんですか！　あなた達は！　勝手に人のお屋敷に！」

喜代が驚いて声を上げる。

「人のお屋敷？　はっ！　ここはもうあんた達の家じゃねえ」

「あんたが桂小路家のお嬢様ってやつか？」

男達はずかずかと磨緒の前に立ちはだかった。

男爵令嬢の磨緒は、こんな無礼ならず者に今までの人生で出会ったこともない。

「だ、誰なの？　あなた達は……」

「へっ。名乗るほどでもないが、岩重ってやつの債権者の代理人さ」

「債権者様に代わって、借金の取り立てに来たんだよ」

男達が何を言っているのかも分からなかった。

「こ、この家にはもう返すお金などありません！　出ていって下さい！」

喜代が慌てて言い返すと、男達はにやにやと磨緒の顔を覗き込んだ。

「そんなことは分かっているさ。現金を取り立てに来たんじゃねえ」

「で、では何を……」

「この育ちのいいお嬢様だよ」

「な⁉」

磨緒は青ざめて、男二人から一歩離れる。

「思った以上に美人じゃないか」

「これは廓《くるわ》に売れば大した金になるぞ」

「岩重にも二人の娘がいたが、結構いい金になった」

「だが平民商人の娘と違って、こっちは男爵令嬢様だからな。十倍の値がつくだろう」

磨緒は男達が何を言っているのか分からず、喜代に縋《すが》りついた。

「私を売るって？　どこに？　喜代、何を言っているの、この人達は？」

喜代は磨緒を抱きしめ、男達に言い返す。

「お嬢様を廓などに行かせません！　出ていってちょうだい！」

しかし男達は女二人相手にまったく怯《ひる》む様子はなかった。

「出ていってって、出ていくのはあんた達の方だろう？　ここはもうあんた達の家じゃないんだよ。すでに大金持ちの旦那が権利を買い取ったって話だ」

「金を取り損なった債権者達は、あんたから返してもらうしかないんだよ」

「そんな……嫌よ」

廓というのがどんなところか分からないが、磨緒にとって恐ろしい場所なことだけは分かった。

「嫌よと言われても、あんたは家も金も失くなってどうするつもりだ。ここで野垂れ死にするつもりかい？」

「それだったら廓の方がいい。あんたなら食事も寝る場所も最高級のものを用意してくれるはずだ。俺達はあんたのために言ってやってるんだぜ」

「な、何を言うの！　廓に売られることがお嬢様のためであるはずなんてないでしょう！」

喜代は麿緒を抱きしめたまま言い返す。

「あんたには用はない。婆《ばあ》さんは悪いが廓に売れないからな」

「あんたはここで野垂れ死にするんだな」

男達はそう言うと、麿緒の腕を摑んだ。

「い、いやっ！　放して！　喜代と一緒にいるわ！　どこにも行かないわ！」

「はいはい。手こずらせないでね、お嬢ちゃん」

「俺達だって、商品に暴力はふるいたくないんだよ」

男達は力ずくで麿緒を喜代から引きはがそうとした。

「いやあああ！」

喜代から引きはがされたと思った麿緒だったが、ふいに男の力が弱まった。

そしてなぜか黒猫の影が走ったような気がした。

「？」

青ざめたまま見上げると、麿緒を摑んでいた二人の男の腕が捻《ひね》り上げられている。

そこに立っていたのは……。

「あなたは……」

料亭で出会った馬車の男だった。

時任宗次郎と名乗っていた男だ。

「やはりまた会いましたね、麿緒さん」

一人の男の腕を捻り上げたまま、宗次郎は微笑んだ。

もう一人の男は、彼の従者らしき黒服を着た男がその腕を摑んでねじり上げている。

「な、何しやがる！　いててて！　放せ！」

「俺達は金持ちの債権者様の依頼で来てるんだ！　邪魔すると後でひどい目に遭うぞ」

ならず者の男達は、腕を捻り上げられながら必死にもがいて叫んだ。

しかし宗次郎は二人の脅し文句にも動じることなく、腕を捻ったまま男を地面に叩きつけた。

「お前達の方こそ、不法侵入で警官を呼ぼうか？　何を勝手に人の家に入っている」

「はん！　何も知らないくせに正義漢ぶりやがって」

「この家はもうこの女のものじゃない。債権者の手に渡っているんだ！」

宗次郎は肯いた。

「ああ。そうだとも。ここは今日から私の家だ。先ほど私のものになった」

「え？」

男達だけでなく、磨緒と喜代も驚いて宗次郎を見た。

「じ、じゃあ……この屋敷を買い取った大金持ちの旦那ってえのは……」

男達は地面に転がったまま宗次郎を見上げた。

「ああ。私だ。分かったなら出ていってもらおうか？」

男達は納得したのか、宗次郎に対する態度を変えて告げる。

「わ、分かりました。出ていきますが、旦那はこのお嬢さんには用がないでしょう？」

「俺達が連れて行っても旦那には関係ないですよね？」

宗次郎はにこりと微笑んで答えた。

「ああ。確かに関係ないな」

男達はほっと息をつき、磨緒と喜代は青ざめた。

「じゃあ、連れて行かせてもらいますよ」

再び麿緒の腕を摑もうとした男だったが、その腕を宗次郎がぱしりと弾《はじ》き返した。

「な!?　何すんだ！　関係ないって言ったじゃねえか」

男は憤慨して宗次郎を詰《なじ》る。

「私には関係ないが、あんた達にも関係ないだろう」

「な、何言ってんだよ。この女は借金のかたに連れて行くんだよ！」

男達は息巻いた。しかし宗次郎は冷静だった。

「債権者が持つ権利とは、岩重の保証人であった桂小路男爵個人の財産だけのはずだ。このお嬢さんは娘であっても関係ない。彼女に返済義務はないはずだ。そうだろう？」

宗次郎が告げると、男達はばつが悪い顔になった。

「最初から分かっていたくせに。彼女を騙して廓に売るつもりだったんだな」

「う……それは……」

男二人は青ざめた。

「お嬢さん、こんなならず者の言葉に騙されてはいけないよ。あなたは確かに家も財産も失ったが、あなた自身はあなたのものだ。安売りしてはいけない」

宗次郎に言われて、麿緒ははっと顔を上げた。

「私自身は私のもの……」

磨緒はずっと自分は父の付属品であり、桂小路家の財産の一つのように感じていた。周りもみんな同じような考えだったし、その考えが当たり前だと思っていた。

「あなたが決めることだ。この男達と共に廓に行くのか。それともここに残るのか」

「ここに残る?」

磨緒は驚いた顔で宗次郎を見つめた。

「ここに……残ってもいいのですか?」

「ああ。条件はあるが、あなたさえ良ければ」

「ではここに残ります! 廓に売られるなんて嫌です!」

磨緒がきっぱり言うと、男二人はちっと舌打ちをした。

「聞いたかな? この通り彼女は嫌だと言っている。君達に彼女の自由を奪う権利などないのだよ。出ていってもらおうか。いや……」

宗次郎は言葉を途切れさせ、ぎろりと二人を睨みつけてドスのきいた声で言い直す。

「今すぐ出ていけ!」

男達はその静かな威圧感のある声にぎょっとしてたじろいだ。

「く、くそ……」

「仕方ねえ。行くぞ!」

そうして逃げるように出ていった。

ならず者の男二人が出ていくと、磨緒と喜代はほっとため息をつく。

「あの……ありがとうございました。助けて頂いて」

何者なのかよく分からない人だけれど、さっきのならず者達よりましだ。

そう思っていた磨緒だったが、宗次郎はにやりと意味深に微笑んだ。

「やはり華族のお嬢様というのは考えが甘いようだ」

「え？」

磨緒はどういう意味か分からず、背の高い宗次郎を見上げた。

今日も先日と同じような変わった服を着ている。

背広でもなければ軍服でもない。フロックコートを改造したような衣装だ。

大金持ちらしいというのは分かったが、やっぱりどういう人なのか分からない。

「さっき条件があると言っただろう？　条件も確認せずに安易に請け負うからすぐに騙されるのだ。あなたの父上も同じだ。華族気分で商売をするから失敗する」

「父を……知っているのですか？」

磨緒は驚いて尋ねた。

「たまたま商売が当たって大儲《おおもう》けした一発屋の岩重のことは、この辺りの商売人ならみんな知っている。そして一回だけのまぐれ当たりの後、どんどん事業の失敗を重ねていることもね。そんな岩重の保証人になった馬鹿な華族がいると……まあ、これは私独自の裏の筋から聞いていた話だが。それがあなたの父上だ」

麿緒は少しむっとする。父に商才がないことは分かっていたが、誰とも知らない人に馬鹿呼ばわりまでされるのは心外だった。

「それがまさか、この緑屋根の西洋館の主、桂小路男爵だとは思わなかったがね」

宗次郎は肩をすくめて続けた。

「子供の頃、初めてこの西洋館を見た時は胸が躍った。こんなお城のようなお屋敷に日本人が住んでいるのだと。いつかこんな家に住みたいとね」

「では……まさか……」

麿緒はぞわりと嫌なものを感じた。

「ああ。岩重がこの屋敷の抵当権を持っていることを知って、家の権利と引き換えに大金を貸してやったよ。この西洋館の購入代だと思ってね。だが、まさかこんなに早く手に入るとは思わなかった」

「それで私の名を……」

麿緒のことも調べていたのだ。

料亭で声をかけた時には、桂小路家が終わることを予想していたに違いない。

「男爵はお気の毒なことだが、私としては理想的な形でこの家が手に入った」

「な、なんて人なの！　いずれ父が失脚するのをじっと待っていたということでしょう！　そのせいで父は投身自殺をしたのよ！　ひどいわ！」

「ひどい？　私は別に岩重が破産するように誘導したわけではない。むしろ返される見込みもない金を貸してやったのだ。それによって屋敷を手に入れたとしても、あなたの父上が自殺をしたことは私のあずかり知らぬことだ。言いがかりはやめて欲しいものだな」

理路整然とした宗次郎の言葉は、その通りなのかもしれない。

でも、筋が通っていても、許せないことがある。

「あなたの父上にしろ、あなたにしろ、生まれ落ちた時から恵まれた環境にいた人間には、私のような商人がどれほどの苦汁をなめて、地面を這《は》いずり回って、この地位を得たのかなんて想像もつかないことだろう。何の苦労もなく豊かさを当然のように享受してきたあなたに文句を言われる筋合いはない」

「……」

すべてその通りなのかもしれないが、納得はできなかった。

「それで……あなたの条件というのは何だと言うの？」

聞くのが恐ろしい。

たぶん麿緒にとって良くないことだ。けれど遅かれ早かれ聞かなければならない。

宗次郎はにやりと笑うと、人差し指で麿緒の顎をくいっと上げた。

「私の妻になってもらおう。桂小路麿緒さん」

「な！」

啞然とする麿緒と喜代に、さらに畳みかけるように言う。

「私は苦労に苦労を重ね、ようやく商人として成功をおさめた。爵位などはどうでもいい。むしろ余計な規制に縛られ自由に動けないからいらない。しかし、元華族令嬢の妻を連れ歩くのは西洋人とのビジネスにも箔がついていい」

「そんな理由で……」

妻を商売道具の一つとしか思っていない。

「ところが『落ちぶれ婚』というのかな？　華族のご令嬢は爵位のない男と結婚するのを忌み嫌うようだな。なかなか良いご令嬢が見つからなくて困っていたのだ」

久子たちがおぞましいことのように話していたのを思い出す。

『落ちぶれ婚だけは勘弁してくださいませ』と親に頼んだと言っていた。

今まさに麿緒は、その落ちぶれ婚を条件に出されているのだ。

「い、嫌です。そんな結婚……」

落ちぶれ婚も嫌だが、妻を商売道具のように思っているこの男も嫌だ。

「では、どうするのだ？　この家を出て路頭に迷うのか？　それともさっきの男達を呼んできて廓に売られるか？　他に選択肢はないだろう？」

「そ、それは……」

麿緒は青ざめたまま俯いた。

「何も愛してくれと言っているのではない。妻という名でこの西洋館に住んでいてくれればいい。そしてたまに取引相手とのパーティーに妻として並んでくれればいい」

「……」

それがいい話なのか悪い話なのか、麿緒には分からなかった。

少なくとも、もう華族令嬢として人並みな結婚ができないことは分かった。

後はどこまで落ちるかだけだ。

何も答えられない麿緒を見て、宗次郎はため息をついた。

「まあいい。父親が亡くなったばかりで混乱していることだろう。少しだけ時間をやる。よく考えることだ。選ぶのは君だ。それよりも……」

宗次郎は園遊会の後始末もしていない庭園を見回した。

「君の家の使用人達は、後始末もせずに出ていったのか。なんとも薄情だな」

呆れたように肩をすくめた。

「その上、外から見ると華やかな西洋館だが、あちこち傷んでいて、塗料が剝げているところもあるな。修繕に金がかかりそうだ」

そして「黒猫」と呼んだ。

すぐに黒い影が走り、宗次郎の前にさっきの黒服の従者が片膝をついた。

ならず者達を追い出して、辺りを見回っていたようだ。

「じいと使用人達を呼んで、ここを片付けるように伝えてくれ」

「はい。畏まりました、主《あるじ》」

男が顔を上げると、麿緒はどきりとした。

(黒猫……)

まさにその名の通り、黒猫のような容姿をしている。

吊り気味の大きな目はビー玉のようで、長い前髪の隙間から光って見える。

飛脚のような動きやすそうな黒服は長袖長ズボンで、体の線がはっきり分かるほどぴったりとしていて、まるで黒猫の手足のようだった。そして……。

(耳？　猫のような耳がついているけど。あ、尻尾も……)

どういうつもりでつけているのか、黒猫の耳と尻尾がついている。

さっきはならず者達のことで手いっぱいで気付かなかったが、明らかに変な人だ。

だが……何か聞くべきかと思ったが、やめておいた。

これ以上、頭の中が混乱することを聞きたくない。

それに宗次郎が「それでは行くぞ！　麿緒お嬢さん」と突然麿緒の手を掴んだ。

「きゃっ！　どこに連れていくのです！　放して！」

「お嬢様に触らないで下さいませ！」

麿緒が悲鳴を上げ、喜代が宗次郎の前に立ちはだかった。

「ああ、勘違いしないでくれ。この家の後始末のことだ」

「後始末？」

宗次郎はやれやれと肯いた。

「一番大きな後始末が残っているだろう。あなたの父上だ。遺体を引き取りに行かねばならないのだろう。それとも無縁仏として、その辺に転がっていた誰のものともしれぬ死体と一緒に警察で埋めてもらうつもりか？　私は別にそれでもいいがな」

「お父様の……」

そういえば警官が引き取りに来てくれと言っていた。

「家を手に入れたよしみで、きちんと弔ってやる。あなた一人ではできないのだろう?」

その言葉はありがたかった。

麿緒と喜代だけでは、何をどうしていいかも分からなかったから。

その後、警察署で遺体を確認し、様々な書類を書かされ、遺体を桂小路家の墓に埋葬する手はずまで、結局宗次郎が全部取り仕切ってくれた。

宗次郎がいなければどうしていたのか分からないほど大変だった。

そして家に戻ってみれば、園遊会の後片付けも終わり、屋敷の中は整然と片付いていた。

五、慣れない同居生活

「お嬢様。ゆうべはよく眠れましたか？」

翌朝、喜代はいつものように磨緒の着替えを手伝うために部屋にやってきた。

父のことや清太郎のこと、これからのことを考えると眠れるはずもなかった。

衝撃が大きすぎて涙すらも出ない。思考が止まってしまっている。

父の遺書を開いてみると『磨緒、すまない』と一言だけ書かれていた。

(最後の最後に謝るなんて……)

自分が明らかに悪くても、一度だって磨緒に謝ったりする人ではなかった。

そんな父が最後に謝ったのだと思うと、もう責める気になれなかった。

(最後までずるい人だわ……)

磨緒をこんな状況に追い込んで、何の責任も取らずに死んだ父を憎むことすらできない。

行き場のない悲しみだけが、もやもやと心の中を満たしていた。

「喜代の方こそ……大丈夫だった？　ちゃんといつもの部屋で眠れた？」

喜代は今まで通りの使用人部屋をそのまま使っていいと宗次郎に言われていた。

「はい。それに時任様の連れていらした使用人達が、すでに朝のお掃除を始めているようです。以前の使用人は仕事を始めるのが遅く、毎日注意していたものですが、時任様はしっかりとした使用人を揃えていらっしゃるようですね」

確かに宗次郎が呼び寄せた『じい』と呼ばれる家令らしき人も、年配ではあるものの、非常に礼儀正しく、命じられたことを完璧にこなしていた。

「今更だけど、お金があるって大事なことなのね」

満足のいく給金が支払えたなら、ちゃんとした使用人を揃えられるのだ。

そして使用人達の態度を見る限り、宗次郎は充分な給金を支払っているようだ。

「お嬢様はこれからどうされるおつもりですか？」

喜代は磨緒に黒喪服を着付けながら尋ねた。

爵位返上の上、無一文となり自殺という父は、当たり前の葬儀も告別式もできない。

磨緒と喜代だけで菩提寺《ぼだいじ》に弔うよう、宗次郎が手配してくれた。

今日はそれで一日が終わるだろう。そして明日からどうするかだ。

「どうしよう。どうすればいいと思う？　喜代」

昨日はいろいろあり過ぎて、まだ混乱している。父の死もまだ全然実感が湧いていない。

こんな状態でまともな判断ができる気がしなかった。

喜代は少し考えてから、きっぱりと答えた。

「お辛《つら》いでしょうが、時任様と結婚されるのが良いと思います」

「やっぱり……そうよね……」

どう考えてみても、その道以外になかった。

「考えようによっては、清太郎様と結婚していたよりも良かったかもしれません」

「そうかしら……」

清太郎の名を聞くと、心がずきりと痛んだ。

ほんの昨日の朝、清太郎との婚約に胸躍らせていたというのに。

たった一日後の今、散々な暴言を吐かれ捨てられた自分がいる。

そして、昨日までほとんど知らなかった男と、落ちぶれ婚をしようとしていた。

運命とは、本当に残酷なものだと他人事のように感じている。

「時任様は、少なくとも……無関係の御前様をきちんと弔って下さる誠意はありました。使用人も以前より質が良く、このお屋敷で変わらぬ生活ができるのです。爵位を失くしたお嬢様にとって、これ以上の嫁ぎ先はないように思います」

「そうね。それに愛さなくてもいいとおっしゃっていたわ。飾りのように妻として隣に立っているだけでいいのよね。それなら私にもできるかしら」

「そうですね……。ただ、普通の妻としての幸せはないかもしれませんが」

そんな結婚を夢見ることは、とっくに諦めていた。

「もうそれはいいの。清太郎様に手ひどく振られて、よく分かったわ。私もお母様も本当に男運がないのね」

「それは私も、でございます」

「ふふ。そうね。喜代もね」

少し笑ってから、磨緒は淋《さみ》しげに告げた。

「ともかく……、時任様は、私が選んでいいようなことを言っていたけれど、最初から選択肢なんて一つしかないのよ。私はこうして今度は彼に命じられるままに生きていくしかないのね。せっかく変われると思ったのに……」

「お嬢様……」

その時、ふと磨緒は誰かの強い視線を感じた。

はっとドアの方を見ると、ビー玉のような片目がじっと磨緒を見つめている。

「きゃっ！　何？」

「え？　どうされたのですか？」

喜代は驚いて、磨緒の視線を追ってドアの方を見た。

しかしよく見ると、ドアはしっかりと閉じている。

（え？　見間違い？）

しかし、確かに黒猫の耳と尻尾まで見えた気がした。

喜代がドアを開けてみると、そこには黒猫と呼ばれていた従者が立っていた。

（やっぱり覗いていたのだわ。気持ち悪い）

「そ、そこで何をしていたの？　勝手に覗かないでちょうだい」

磨緒は思わず声を荒らげた。

しかし彼はすまし顔のまま答えた。

「覗いてなどありません。食事の用意ができたので呼びに来たところであります」

「食事？」

そういえば昨日から何も食べていなかった。

「食堂の方へ来るようにと主が申して……おっしゃってあります」

敬語が不慣れなのか言葉遣いが滅茶苦茶《めちゃくちゃ》だ。

背は磨緒より高いけれど、まだ子供のような仕草がある。同じぐらいの年だろうか。

「ねえ、あなたのその耳は……」

磨緒は昨日から気になっていた耳と尻尾について聞こうと思ったのだが、磨緒が耳と言った途端、黒猫の目がまん丸になった。

「耳……が何か?」

その猫のような目を見ると、聞いてはいけないことのような気がして言葉を濁した。

「い、いいえ。何でもないわ。ごめんなさい」

黒猫はほっとしたように「ではお待ちしてあります」と告げて出ていった。

「ねえ、喜代。見たでしょう?　あの人はなんなの?」

磨緒は黒猫が出ていくとすぐに喜代に尋ねた。

「確かに妙な話し方をする方でございますね」

「話し方よりも耳と尻尾よ!　なぜあんなものを付けているの?」

「耳と尻尾?」

喜代は首を傾げた。

「喜代も見たでしょう?　猫みたいな耳と尻尾を付けていたじゃない」

「さようでございましたか?　気が付きませんでしたが……」

「気が付かないって、あんなに大きな耳と尻尾に気付かなかったの?」

磨緒は驚いた。

「ええ……。そんなに目立つものだったのですか？　すみません、昨日から動転することばかりで、少し気持ちが散漫になっていたのかもしれません」

「だからって……あれを見逃すなんてあるのかしら……」

嫌でも目に付くはずだ。

でも、そういえば自分も昨日助けられた時、最初はならず者たちに動揺していて気付かなかった。そんなこともあるのかもしれないと思うことにした。

（まあいいわ。あとで時任様に聞いてみよう）

◇

桂小路家の西洋館の一階には、大きな食堂があった。

昔は外国の客を集めて小さな晩餐会などを開いていたらしいが、磨緒が物心ついてからは使われているのをあまり見たことがない。

食事はいつもその隣の家族用の小さな部屋で食べていた。

といっても、母が亡くなってからはほとんど一人きりの食事だ。

その料理も、料理人が代わるたびに味が落ちていき、最近は、はっきりとまずいものばかりだった。どんな食材も料理人によってまずい料理に変わってしまう。

その料理人も昨日、家の中の目ぼしいものを持って出ていったようだったが。

「おはよう。磨緒。ほう。黒喪服も似合っているな」

宗次郎は大食堂の長テーブルの一番奥に座っていて、磨緒はその近くの席に案内された。

そして許可もなく名前を呼び捨てにされている。

昨日までの畏まった口調はなくなり、素の宗次郎はくだけた話しぶりですっかり西洋館の主人を気取っていた。

いろいろ言いたいけれど、磨緒は結局何も言えず席についた。

そしてさっそく一番気になっていたことを尋ねた。

「あの黒猫と呼んでおられた方は何なのですか？　どういう人なのですか？」

「黒猫が何か粗相でもしたのか？」

「粗相というわけではありませんが、妙な恰好《かっこう》をなさっていますわ」

「ああ。あの服装が動きやすいというものだから、飛脚の服を少し改良してオーダーで作らせている。普段は人前に出ないので好きにさせているが……」

「服装ではありませんわ。あの耳と尻尾です。あれは何なのです？」

「耳と尻尾？」

宗次郎は喜代と同じような顔をして首を傾げた。

「黒猫のような耳と尻尾を付けているでしょう？　なぜあんなものを付けているのですか？　人前に出ないからといっても、気になりますわ」

「何の話だろう？　耳と尻尾？　ははは。そんなものを付けるわけがないだろう。夢でも見たのかな？　君は面白い冗談を言うね」

「な！　冗談などではありませんわ！　あなただって黒猫と呼んでいるではないですか」

宗次郎はむきになって言う磨緒を不思議そうに見て告げた。

「黒猫は……五年ほど前かな、道端で大怪我をして転がっていた。まだ子供で、どんな環境で育ったのか言葉も話せないようだった。気の毒に思って連れて帰って手当をしてやると、そのまま家に居つくようになってしまった。追い出しても庭先で俺が出てくるのを待っている。そしてどこにでもこそこそと付いてくるようになったんだ」

親に捨てられたのだろうか。そんな子供は時々いると聞く。

「そんなある時、暴漢に襲われそうになった俺を、黒猫が飛び掛かって助けてくれた。刃物を持つ相手にも怯むことなく飛び掛かる黒猫を見て、従者に取り立てることにした。彼はどこで身に付けたのかとても敏捷《びんしょう》で、姿を隠すのも巧《うま》い。良い護衛だよ」

話を聞いてみると変な人と気味悪がるのがかわいそうな気がしてきた。

「言葉は五年でだいぶ覚えるようになったが、変な訛《なま》りというか……くせがある」

確かにたどたどしい言葉遣いだ。

「そして名は何かと尋ねると、黒猫だと答えたのでそう呼んでいる」

確かに黒猫そのものなのだけど……。

(もしかして他の人には耳と尻尾が見えていないの？)

そういえばティーカップの付喪神も磨緒にしか見えなかった。

母は馬鹿にせずに信じてくれたけれど、あの時と同じように自分にしか見えないなら、これ以上言うと磨緒の方が変な人と思われるかもしれない。

「そ、そうですね。あまりに黒猫っぽいからそんな風に見えただけかもしれませんわ。忘れて下さいませ。そ、それより……朝食は誰が作ったのですか？」

慌てて話題を変えた。

「ああ。うちのシェフを連れてきた。フランスで修業した一流料理人だ」

「シェフ？」

そんな言葉は初めて聞いた。料理人のことをそう呼ぶらしい。

「あまり食欲はないのですが……」

そうは言ったものの、いったいどんな料理が出てくるのかと少し興味が湧いた。

やがて給仕が入ってきて、スープとサラダを並べる。

大皿にはいろんな種類の焼き立てパンがのっていた。いい香りがする。

そして出来立ての卵料理にハムと粉ふき芋が添えられた皿が置かれた。

「オムレツという。食べたことはあるかな？　俺はこれが気に入っているが、食べたいものがあれば頼んでおけば何でも作ってくれる」

給仕がオムレツに真っ赤なソースをかけてくれた。

「一度……母の外国の友人が作ってくれたことがあります。でもこんなにトロトロではなかったけれど……」

「食べてみるがいい。うちのシェフの作るオムレツは絶品だぞ」

「で、では……いただきます……」

麿緒はフォークとナイフを手にとってさっそく食べてみた。そして驚いた。

「！　美味《おい》しい！　アンが作ってくれたものとは全然違うわ」

アンのオムレツは見よう見まねで作った家庭料理で、シェフが作るものとはまったく違っていた。

これが本当のオムレツなのだと感動する。

あまりの美味しさに、空腹だったこともあり、いつの間にか無言で食べていた。

ふと気付くと、宗次郎が頬杖をついてじっと磨緒を見つめている。

「な、なんですか？」

食欲がないと言いながらよく食べると思われたのかと恥ずかしくなった。

「いや。さすが華族のお嬢様ともなると、教えなくてもナイフとフォークぐらいは使えるのだなと思ってね。俺が今まで見た中でも一番綺麗《きれい》なテーブルマナーだ」

「……女学校では洋食のマナーの授業もありますから」

といっても年に一回ぐらいで、テーブルマナーは主に母から学んだ。

外交官の娘であった母は、外国に暮らしたこともあって幼い頃から完璧なマナーを身につけていた。

「なるほど。やはり華族の令嬢を妻に持つというのは何かと便利そうだな」

「便利だなどと……失礼ですわ」

むっとして思わず言い返した。磨緒を利用することしか考えていない。

「別にあなたを軽んじて言っているのではない。便利な人間と思われるのは良いことだ。それだけ役に立つということなのだから。俺のような叩き上げの商人は、いかに人の役に立つか、便利に使ってもらえるかをいつも考えていた。そうして身につけたものは、俺のゆるぎない財産となっている」

「ゆるぎない財産……」

「そう。人に奪われることもない。騙されて失うこともない信頼できる財産だ」

宗次郎は失礼なことばかり言っているようでいて、時々磨緒をはっとさせる。

そしていいことを言ったかと思うと、失礼なことを言う。

「君はそんなことを考えたこともなかっただろう？　なぜなら華族のお嬢様というだけで、あらゆるものを凌駕《りょうが》する価値があったからだ。生まれて育つだけで、何もしなくていい。生きているだけで価値ある存在なのだから」

「私が？」

自分にそんな価値があるなんて考えたこともなかった。

むしろ周りの人の言いなりになるしかない、つまらない人間だと思っていた。

「正確に言うと、昨日までの君がだ。爵位もなくなった一文無しの君は、もう生きているだけでは何の役にも立たない」

この人は平気でこんな残酷なことを言う。

「私を貶《おとし》めたいのですか？」

思わずむっとして言い返したくなる。いつもは何も言い返せない磨緒なのに。

宗次郎は磨緒を本気で怒らせる天才かもしれない。

「貶めているわけではない。普通の女性と同じ立場になっただけだと言っているのだ。華族のご令嬢でもない女性は、みんな今の君と同じ立ち位置から、自分の価値を見出《みいだ》そうと努力している。元華族令嬢という肩書があるだけ、君はまだまだ有利だ」

「……」

ものは考えようだと言いたいのだろうか。

「でも……今更、私に何ができるというのですか」

「例えば……俺の妻として役に立つ人間になればいいだろう」

「ま、まだ……妻になるとは言ってないわ」

なんでも自分の思い通りになると思っている口ぶりに腹が立つ。

しかし宗次郎は余裕の笑みを浮かべた。

「決断できずに先延ばしにするのはいいが、それが自分にとって不利になるということを知っておいた方がいい」

「私にとって不利？」

「俺が妻にしてやると言っている間に決めた方がいいと忠告している」

「な！」

どこまで高飛車な人だろうと呆れる。

それにいつのまにか一人称が俺になっている。華族の男性で自分を俺などと言う人に会ったことはない。やっぱり宗次郎とは世界が違うように思ってしまう。

「君がぐずぐずしている間に、もっと条件のいい華族のご令嬢が見つかるかもしれない。そうすれば元華族令嬢という肩書しかない君には、もう利用価値がなくなるだろう？」

嫌なことしか言わない人だ。

「だ、だったら無理に結婚して頂かなくて結構です」

やっぱりこんな意地悪な人と飾りだけの妻であっても暮らしていけない気がしてきた。

「それで？　昨日のならず者達を呼んで廓に売られるつもりかな？」

「そ、それは……」

「それとも職業婦人になってどこかで働くのか？　だが給与をもらうには、それに見合う働きができなければだめだ。君に何ができるのかな？」

「私は……」

問われても何も言い返せない自分が情けなかった。

女学校で様々なことを学んできたものの、先生も親も、極めることを嫌った。

広く浅く知識があればそれでいい。いずれ華族に嫁ぐ令嬢が、一つのことに没頭するのは却って仇《あだ》となる。茶道も華道も裁縫も琴も、人並みぐらいがちょうどいい。

そういう暗黙の方針があるのが華族女学校だった。

「君に何か対価をもらえるほどの才能があるというのなら職業婦人になるのも結構だが、俺も妻にもならない女性をいつまでもただ飯を食わせて置いておくほど親切ではない。早めに決断をしてもらいたいものだ」

「……」

宗次郎の妻になる以外に選択肢はないと思っていた磨緒だが、こんな言われ方をしてまで妻にして下さいと言いたくなくなった。

「い、言われなくても分かっています。もう出掛けますわ。ごちそうさま！」

まだ食事の途中だったが、いたたまれなくなって立ち上がった。

美味しいオムレツに未練はあるものの、これ以上宗次郎と話していたくない。

「失礼致します！」

珍しく強気に言い切ったものの、背中に宗次郎の声がかかる。

「菩提寺に行かれるのだったな。どうやって行かれるつもりかな？　人力車も持っていかれてしまったようだが歩いて行きますか？　歩くには遠いようですが……」

そうだった、と振り向いた。

「あの……」

宗次郎はにやにやと磨緒を見ていた。

「なんでしょうか？　磨緒さん」

さっきは呼び捨てだったくせに、わざと丁寧な口調で尋ねる。

頼み事なんてしたくないけれど、他に頼める人なんていない。

「じ、人力車を貸して頂けないでしょうか、時任様……」

悔しさをこらえて告げる。

「時任様は堅苦しいな。宗次郎と呼んでくれていい」

「……」

にやにやと磨緒の返答を待ち続ける宗次郎に、仕方なく答えた。

「宗次郎……様……」

宗次郎は満足げに肯くと答えた。

「人力車の持ち合わせはないので、馬車を貸して差し上げましょう、磨緒さん」

宗次郎に頼まなければ何もできない自分が情けなかった。

◇

「馬車というのはずいぶん速い乗り物なのですね、お嬢様」

「ええ。剛造の人力車と違って動きも滑らかだし、座り心地もいいわね、喜代」

菩提寺で簡単な弔いを済ませた帰り道、磨緒と喜代は二人で馬車に乗りながら、改めて感心していた。馬車の物珍しさが、父の死という憂いを忘れさせてくれる。

沿道の人々は、豪華な馬車が通り過ぎるのを羨ましそうに見送っていた。

乗り合い馬車はよく走っているけれど、お抱えの馬車を持つ人などそんなにいない。

しかも最新型の馬車のようで目立つらしい。

「使用人の方達にお聞きしましたが、時任様というのは十代の頃を外国で過ごされたようでございます。その頃の人脈をもとに事業を起こされたという話です」

「外国に住んでいたの？」

外国というのは磨緒にとって、さほど遠い世界ではない。

母は病になる前、磨緒が大人になったらいつか一緒にアンに会いに行こうと口癖のように言っていた。母が亡くなってからそのアンとも交流が途絶えてしまったのだが。

幼い麿緒は、母と船に乗って外国に行く日を夢見たものだった。

宗次郎はどんな風に暮らしていたのだろうかと好奇心がわいてくる。

「日本に戻って七年ほど経つそうです。二十七歳と聞きました。語学に長《た》け、外国の方との商談をまとめるのがお上手だそうですよ」

「英語を普通に話せる日本人はあまりいないものね」

女学館でも英語の授業はあるが、他の生徒の発音はひどいものだった。

麿緒はなるべく目立たぬように流暢《りゆうちよう》になりすぎないようにしているが、それでも外国人教師は素晴らしいといつも褒めてくれる。

「朝食も……使用人用のまかない飯ですが、とても美味しゅうございました」

「ええ。少し食べただけだけれど、美味しかったわ」

無一文となった麿緒だが、以前より暮らしぶりはずっと良くなった。

「菩提寺にも充分なお布施をして下さっていたようでしたね」

「ええ、そうね……」

宗次郎は何も言っていなかったが、弔いの費用に充分なお布施をしてくれていた。

おかげで女二人の淋しい葬儀も、丁寧に執り行ってもらえた。

「私と奥様は男運に恵まれておりませんでしたけれど、もしやお嬢様は恵まれておいでなのかもしれませんね」

「まさか。喜代は、あの人が私にどれほど辛辣《しんらつ》な言葉をかけているのか知らないからよ。まあ……全部本当のことではあるのだろうけど」

「ですが言葉は悪くとも、なされる行動は親切でございますよ」

確かに、口では嫌みを言いながらも、結局自分の馬車を貸してくれた。

「私の知っている殿方は、みんな口では親切なことを言いながら、全く行動が伴わない方ばかりでした。時任様のような方には初めてお会いしました。商人とはあのような感じの方が多いのでしょうか」

「さあ……。他に比べる人もいないから分からないわ」

でも口ほど悪い人ではないのかも、と感じていた。

しかし、菩提寺から帰ってみると……。

「な！　これは何の騒ぎなの？」

西洋館には大勢の職人が出入りしていて、壁や柱の修繕をしたり、大きな荷物を運びこんだりしている。

「お帰りなさいませ、お嬢様」

家令のじいが丁寧に出迎えてくれた。それはいいのだが……。

「ご主人様の引っ越し荷物でございます。屋敷の修繕と並行して進めております」

「引っ越しって……、修繕って……」

そんなこと何も聞いていない。

だが考えてみれば、ここはもう麿緒の家ではないのだ。

宗次郎が何をしようと文句を言える立場ではない。

玄関を入った吹き抜けのエントランスには、厚みのある絨毯《じゅうたん》が敷き詰められ、大きな置き時計が正面に飾られていた。ずいぶん高価そうな時計だ。

白い枠のついた格子窓には古びたカーテンが取り除かれ、真新しいレースのカーテンが取り付けられている。

エントランスから上る階段にも絨毯が敷かれ、上の部屋は大改装をしているのか派手な物音がしている。

この階段の上は父の書斎や家令の執務室などが並んでいて、麿緒が入ることは禁じられていた「表」の部分だった。

麿緒の部屋と亡き両親の寝室は、エントランスから廊下を進み階段を上った、「奥」と呼ばれるところにあった。普段は奥にある裏の玄関から出入りしている。

そして住み込みの使用人の住まいは別棟になっていた。

磨緒は自分の家でありながら、表と使用人棟には入ったことがない。

これが子息であれば、どこでも自由に出入りできるのだが、華族の令嬢というのはとかく制約が多い存在だった。

「磨緒、戻ってきたか。馬車の乗り心地はどうだった？」

宗次郎が階段の上に現れて、手すりに頬杖をついて尋ねる。

「とても滑らかで速かったです。ありがとうございました。それよりもこれはいったい何事ですか？」

「見ての通り、部屋を改装している。書斎も執務室もずいぶん傷んでいる。ソファセットも悪いが捨てさせてもらったぞ」

ソファセットがあることも知らなかった。

「だが部屋の造りはさすがにモダンだな。綺麗にしたら、なかなか良い部屋になるだろう。気に入った。完成したら磨緒にも見せてやろう」

「私が……入ってもいいのですか？」

磨緒は驚いた。

父からは厳しく出入りを禁じられ、母ですら幼少の頃しか入ったことがないと言っていたのに。

「もちろんだ。何か都合が悪いのか？」

「いえ……。私に都合の悪いことなんてございませんけど……」

「ならば、楽しみに待っていろ」

なんだか別世界の人と話しているようだ。

それは宗次郎も同じ思いなのだろう。

「磨緒の部屋はどんな感じだ。今から見に行ってもいいか？」

「だ！　だめに決まっています。何を言い出すのですか！」

奥の部屋は、家族と掃除など用のある使用人以外入ることは許されていない。

娘がいる奥に若い男性が入るなんてもってのほかだ。

「なぜだ？　必要なら君の部屋も改装してやるぞ」

「け、結構です。奥には入って来ないで下さい」

「そうは言っても、主人の寝室も奥にあるのだろう？　ゆうべはこっちで寝たが」

「それはお父様の寝室で……」

言いかけて、そうだったと気付いた。

父はもういないのだ。

この西洋館の今の主人は宗次郎なのだ。

奥の部屋も宗次郎とその家族が暮らす場所で、勝手に居座っているのは磨緒の方だった。だがすぐそばの寝室で若い男性が眠っているなど、お嬢様育ちの磨緒には考えられなかった。

「と、とにかく、困ります！　結婚したわけでもないのに奥で一緒に暮らすなんて……、そんなこと……できません！」

理不尽なことを言っていると分かっていても、そこは譲れない。

「堅苦しいことを言わないでくれ。ここは俺の家だぞ。別に夜な夜な君の部屋に忍び込んで何かしようってわけじゃない」

「ひっ！」

宗次郎が軽い気持ちで言った言葉は、磨緒にとって想像もできないほどの恐怖だった。

「い、嫌です！　絶対嫌！　奥に来ないで！」

「……」

半べそをかきながら嫌がる磨緒を見て、宗次郎は黙り込んだ。

そばにいた喜代が見かねて援護する。

「あの……時任様。お嬢様は華族のご令嬢として厳しくお育ちです。勝手なこととは存じますが、どうかご理解下さいませ。どうか……」

父なら「ふざけるな！」と言って怒り出していたことだろう。

けれども藁《わら》にもすがる思いで喜代は頭を下げてくれた。

宗次郎は大きなため息をついたものの、父のように怒ったりはしなかった。

「仕方がないな。分かったよ」

そして近くにいたじいに命じる。

「じい、俺のベッドはこっちに運んでくれ。一室余っていただろう。そこを寝室にする」

鷹緒はほっと息を吐いた。

とにかく一事が万事こんな調子で、お互いに譲歩し合う日々が始まった。

六、初めての勧工場

あっという間に一週間が過ぎていた。

表と奥に分かれた二人の生活は、なんとか落ち着き始めている。

部屋にこもる麿緒が宗次郎と顔を合わせるのは朝食の時間だけだ。

宗次郎は夕食を取引先との接待で食べてくることが多く、麿緒は一人で食べている。

だがシェフの作る料理はどれも美味しくて、食事の時間は楽しみになっていた。

使用人達が満足そうに働いているのは、まかない料理が美味しいということもあるのだろう。みんな居候の麿緒にも親切で、以前より居心地のいい生活ができている。

宗次郎の表の部屋は、壁紙や床の改装が済んで、大きな家具も運び込み、完成間近のようだ。毎日のように外国製の高そうな家具が運び込まれている。

そんなある日の朝食時に、宗次郎が麿緒に言った。

「今日は新橋の勧工場に行くぞ！　麿緒も付き合え」

「なぜ私が……」と言ったものの、少しわくわくした。

勧工場とはいろいろな商品の実物が陳列され、その場で買うことのできる即売所のことだ。その規模は時代の流れと共にどんどん大きくなり、最近新橋にできた勧工場は時計塔のある煉瓦《れんが》造りで、三階建てのモダンなものだった。

女学館のみんなが勧工場に出掛けた話をしているのを聞いていつも羨ましく思っていた。一度だけ父に勇気を出して行きたいと言ってみたことがあったが「勧工場なんぞに行く若い娘はろくでもない！　慎ましい令嬢はそんなところに出掛けない。馬鹿ものが！」と偏見に凝り固まった詰りを受けて却下されてしまった。

たぶんそんなところで買い物をする余裕もなかったのだろう。

桂小路家の実情を知った今では、そんな父に憐《あわれ》みを感じている。

「家具は揃ったのだが、小物を少し買い足そうと思ってな。シェフが、食器が足りないと言っていた。大人数のパーティー用の洋食器を揃えたい。君が見立ててくれないかと思うのだが、どうだ？　できるか？」

「洋食器……ティーセットなどもですか？」

「ああ。ティーセットも欲しいな」

それは見てみたい。

家にある母の形見のティーセットは模様を自分で描けるほどに眺めてきたが、それ以外のティーセットを見る機会はまったくなかった。

「見たい……です……」

磨緒が答えると、宗次郎は意外そうな顔をした。

「君が何かをしたいと言ったのは初めてだな」

「え……」

言われて初めて気付いた。

何かをしたいと父に言うたび怒鳴られて却下されてきた磨緒は、いつしか何かをしたいと言うことがなくなってしまっていた。

宗次郎と暮らす自由な気風の生活で、磨緒を縛り付けていたものが少しずつ解放されているのかもしれない。

「まあ、いいことだ。さあ、準備ができたら行くぞ！」

宗次郎が笑って言い、二人で馬車に乗って出掛けた。

御付の喜代も付けずに女学校以外に出掛けたことなどなかった。

すぐ隣に宗次郎が風を受けながら座っている。息遣いが聞こえる距離にどきりとした。

顔を上げることもできず俯く磨緒の緊張が宗次郎にまでうつったのか、珍しく無言で景色を眺めている。ぴりぴりとした緊張感が気まずい。

若い男性と二人で連れだって出掛けるなんて、父が聞いたら目くじらを立てて怒り出したことだろう。

(でも……もうお父様はいないのだわ)

磨緒の自由を責め立てる者は誰もいない。

ほっとする反面、後ろめたい気持ちが湧き出てくる。

こんな場面を女学館の誰かに見つかれば、様々な噂を流されることだろう。

不道徳とふしだらは、女学館で最も戒めを受けることだった。

けれど磨緒はもう男爵令嬢でも何でもないのだ。女学校に行くこともうないだろう。

幸か不幸か、誰に咎《とが》められることもない。

「さあ、着いたぞ。勧工場の時計塔が見えてきた」

宗次郎に言われて顔を上げると、煉瓦造りの建物が見えてきた。

鉄道馬車が磨緒達の横を通り過ぎて、勧工場の前で停まっている。

そして様々な恰好をした人々が車両から降りていた。

買い物に来た和装の母娘《おやこ》連れ、友人同士で遊びに来た袴姿の女学生、朴歯《ほおば》の下駄を履いた蛮カラ男子学生、小さな子供の手を引く丸髷《まるまげ》の母親、夫婦連れもたくさんいた。洋装のモダンな女性もいる。

「あれが新橋の勧工場……すごい賑《にぎ》わいだわ」

「なんだ。勧工場を見たのは初めてか？」

宗次郎は驚いたように尋ねた。

「他の勧工場なら前を通り過ぎたことぐらいありますけど、あんな大きな勧工場は初めて見ました」

「ここは今までの中でも最大規模だからな。しかも最先端の店が揃っている。ミルクホールや汁粉店もあるぞ。後で寄ってみるか？」

「ミルクホール……。いいのですか？　行ってみたいです！」

ミルクホールは最近流行り出したミルクとカステラのお店だった。

カステラの他にもパンや豆菓子などを出す店もあるようだが、ミルクホールでミルクとカステラを注文するのが女学生の間では憧れだった。

そんな所に行くのはあばずれだけだと父に言われていたが、好奇心の方が勝った。

目を輝かせて言う磨緒に、宗次郎はふっと微笑んだ。

「華族のお嬢様というのは、贅沢にわがままに暮らしているのかと思っていたが、勧工場にすら行ったことがないとはな。そんなに喜んでもらえると連れてきた甲斐があった」

目を細める宗次郎が、なぜだか温かくて眩《まぶ》しくて麿緒は再び俯いてしまった。

「さあ、行こう」

宗次郎の差し出す手を、遠慮がちにとって馬車を降りる。勧工場の中に入るとたくさんのお店が並んでいて、見るものすべてが新鮮で目移りするものばかりだった。

小間物店、呉服店、洋品店、玩具店が並ぶ。

紙巻鉛筆に卓上電話機に八角掛時計。涼しげな色のビードロぽっぺん。年輪を色取った駒回し。可愛らしい狛犬《こまいぬ》の置物。大小様々なうちわと扇子。反物が積み重なり、美人画の錦絵が並んでいる。

古今東西のあらゆるものが並び、女学館の久子達が身につけていた流行の花簪なども売っていた。最近みんなが競争のように持ってきていた洋傘も色鮮やかに並んでいる。

こんな店でいつも買い揃えている久子から見れば、自分が地味だと言われてしまうのも仕方がないと思った。住んでいる世界が違ったのだ。

「何か欲しいものがあれば買ってやる。遠慮なく言えばいい」

宗次郎は上機嫌に言ってくれる。

そして宗次郎自身も、気に入ったものがあると次々に購入していた。

上得意なのか、宗次郎を見かけるとわざわざ出てきて挨拶する店主もいた。

変わった服装をしているから、目立つし覚えられやすいのだろう。

(この人っていったい何の仕事をしているのかしら。ずいぶんお金持ちのようだけど)

事業といってもいろいろある。何かの商売をしているのだろうけれど。

商人といえば、家に来る御用聞きのようなものだと思っていたのだが、宗次郎は全然様子が違う。

「ん？　どうした？　何か欲しいものはないのか？」

「あ、いえ。見ているだけで充分です。それより洋食器を見ても良いでしょうか」

「ああ。その店ならこっちだ」

宗次郎は慣れた様子で人ごみをかき分け、洋食器の店に連れて行ってくれた。

「うわあ……」

それは麿緒にとって、他のどの店よりも魅力的だった。

大皿、小皿、銀食器など磨き上げられた洋食器がずらりと並んでいる。

壁に飾られた絵皿は緻密なもので、絵画を眺めるように見惚《みと》れた。

そして、その奥にあるのは大好きなティーセットだ。

「可愛い。ずいぶん変わったハンドルだわ。こっちはミントン窯のティーセットだわ」

　夢中で物色する麿緒に、宗次郎は意外な顔をした。

「ずいぶん詳しいようだな。目利きなのか？」

「いえ。目利きというわけでは。亡くなった母が好きだったので、その影響で多少の知識があるだけです」

「ふーん」

　宗次郎は少し考えたあと、面白いことを思いついたように尋ねた。

「では、この店の中で一番価値があるティーセットはどれだと思う？」

　その言葉が聞こえたのか、店主が出てきて告げる。

「ははは、旦那様。こちらの店には売り物ではない展示用のヴィンテージ食器などもございますので、若いお嬢様に見分けるのは難しいかと存じますよ」

「ならば、もしも当てたら安くしてもらうぞ、店主」

「ははは。いいでしょう。時任様には日頃から御贔屓《ごひいき》にして頂いていますので、赤字覚悟で値引きさせて頂きます」

「よし。今の言葉、忘れるなよ店主」

「ちょ……、勝手にそんな賭けをしないで下さいませ。私はティーセットを眺めるのが好きなだけで、目利きではありませんから」

「まあ、お遊びだと思って気楽に当ててみろ」

磨緒は慌てて言ったものの、宗次郎に押し切られてしまった。

店の中にはフルセットで揃ったものから、二客だけのカップセットや、軽食皿がセットになった珍しいものまでいろいろあった。

一つ一つ見ていくと売れるものが分かってくる。

「この手前に置かれた金で縁取ったティーセットは一番売れているようですね」

二客セットで小花模様が可愛くて、金の縁取りが豪華に見える。

「はい。毎日十セットほど売れます。人気のティーセットです」

売り物には正札がついていて、手ごろな値段で華やかなものが売れるようだ。

父が磨緒のキャビネットから持ち出したのは、たいていこういうセットだった。

「売り物でない展示用のティーセットは、このキャビネットの中にあるものですね」

店の一番奥に置かれたガラスのキャビネットには、美術品のように並んだティーセットが三段の棚に飾られていた。こちらには正札はついていない。

一番下はシュガーボウルやミルクジャグも揃ったフルセットのものだ。金彩《きんだみ》で描かれた野ばら模様がとても精巧な絵柄で高そうだ。そして一番上は……。

「ヘレンドのアポニー・グリーンだわ……」

緑色の独特な花が描かれた、ティーポットと二客のティーカップの白磁のセットだった。

「ほう。ヘレンドのアポニーシリーズをご存じでしたか」

店主が感心したように告げた。

「はい。母が……オレンジのものを持っていました」

ティーカップ一客だけだが、色違いのものでアンがくれたのだとても大事にしていた。ヘレンド窯で作られた独特のシノワズリ《中国趣味》の絵柄が人気で、貴重なものだと言っていた。

「確か……ハンガリーのアポニー伯爵がヘレンド窯に注文したものだったと。インドの華を描いたものだと聞きました」

アンの話をする時は、いつもこのティーカップの話題になって何度も聞かされた話だ。

店主は深く肯いた。

「その通りです。若いお嬢様がそこまでご存じとは驚きました」

宗次郎も驚いたように麿緒を見た。

「すごいじゃないか。女学校ではそんなことも習うのか？」

「い、いえ……。女学校ではティーマナーを習うぐらいです。ただの趣味です」

母とのアフタヌーン・ティーごっこがこんなところで生かされるとは思わなかった。

「じゃあ、このヘレンドのセットが一番高いものなのか？」

宗次郎は尋ねた。

「ええ。とても高価なものだと思いますが……」

答えながら、麿緒は最後に真ん中の棚のティーカップに目を移してはっとした。

「これは……」

持ちやすそうなハンドルと、少し大きめの独特のカップの形になじみがある。

どちらかというと、このキャビネットの中で一番地味なカップと受け皿だけのセットだが、カップ自体に息づくような存在感がある。それに。

「あ……」

ちらりと小りすのような耳と尻尾がよぎったように思えた。

ティーカップに見えたのは久しぶりだったが、子供の頃に見えていた感覚を覚えている。

(付喪神がいる……？　やっぱり間違いないわ……)

付喪神がいることが高価であるということではないかもしれないけれど。

「これはケットシーのティーカップではないですか？　価値があるかどうかは分かりませんが、私が一番好きなのはこのカップです」

麿緒は、真ん中の棚に置かれたティーカップを指差した。

「ほう……」

店主は驚いて目を丸くしている。

「ケットシーまでご存じでしたか。これは驚いた。ケットシー窯は、当時はあまり評価されていなかったのですが、最近収集家の間で人気が高まっています。出回っている数が少ないこともあって、今では非常に高値がついているのです」

「そうなのですか？」

ケットシーがそれほど人気のティーカップになっていたなんて知らなかった。

母が集めていた頃はおそらく評価されていなかったのだろう。それほど高額だったという話は聞いていない。ただ数が少ないので、アンが街で見つけるたびに買って母に送ってくれていたようだが。

「日本ではこの一客しかないのではと思います」

店主は自慢げに告げた。しかしそれは間違いだ。

(だってうちにはお母様の形見のティーカップが十客ほどあるもの)

「外国の目利きのお客様には、ケットシーのカップが置いてあるというだけで興味を持って足を止めていただけます。買い付けるのにずいぶん苦労しましたが、買っただけの価値はあるティーカップです」

店主は、いかに希少なティーカップかを懇々と説明してくれた。

「そんなにすごいカップだなんて知らなかったわ」

「お嬢様はどうしてケットシーのことをご存じなのですか？」

「それは……」

家に十客もあると知ったら大騒ぎになるような気がした。

「む、昔家に滞在していた母の外国の友人が持っていらっしゃったので……」

……ということにしておこうと決めた。

「なるほど、お目が高いご友人だったのですね。素晴らしい。こちらは今では値のつかない最高級のヴィンテージ品です。大当たりです、恐れ入りました、お嬢様」

店主は恭しく麿緒に告げた。宗次郎も感心して肯いた。

「ほう。すごいぞ、麿緒。君にそんな才能があったとは知らなかった」

「才能だなんて……ただのまぐれ当たりです」

ケットシーの付喪神に助けてもらった。

「まぐれであろうが、とにかく賭けには勝ったことになるな。しっかり値引きしてもらうことにしよう。麿緒のおかげで良い買い物ができそうだ」

店主は肩をすくめて微笑んだ。

「畏まりました。なんなりとお申しつけ下さいませ」

「では来客用の二十人分のディナー用食器セットを目利きの磨緒に見繕ってもらおう。それから、ティーセットも選んでくれ」

「は、はい」

磨緒は、初めて自分が認められたような気がして嬉しかった。

そして自分で買うものを選べるというのが新鮮だった。

今までは父と家令の許可もなく、鉛筆一本買えなかった。

それが大好きなティーセットを自分で選べるなんて、夢のようだ。

ディナーセットは盛り付けやすいシンプルなものを選び、ティーセットは散々迷って、小花模様で縁取られたフルセットを選んだ。

六客のカップセットとケーキ皿、ティーポットとシュガーボウルとミルクジャグ。

それになにより三段の銀製ケーキスタンドがついたとても珍しいセットだった。

母はアンにもらった二段の木製ケーキスタンドに、軽食や洋菓子をのせてよくアフタヌーン・ティーを開いてくれた。ケーキスタンドは、磨緒にとって幸せだった子供時代を思い出させてくれる幸福の象徴なのだ。

「ほう。お嬢様はアフタヌーン・ティーをご存じでしたか。この三段のスタンドは何をするものかお分かりにならないお客様も多いのです。こちらは特注品でして本場イギリスでも珍しい一品です。これをお選びになるとは、さすが時任様のお連れになるお嬢様はお目が高いですね」

店主に褒められて麿緒は誇らしい気持ちになった。

こんな気持ちになるのは久しぶりだった。

「お買い上げありがとうございます。では明日にでもお屋敷にお届けさせて頂きます」

こうして約束通り大幅値引きはしたものの、店主も大量に買ってくれた上客を満足げに見送ってくれた。


買い物を終えると、麿緒は宗次郎と共に一階にあるミルクホールに入っていた。

目の前には、可愛い硝子《ガラス》コップに入ったミルクと厚みのあるカステラが置かれている。

「これがみんなの言っていたミルクホールのカステラなのね」

カステラはもちろん食べたことはあるが、ミルクと一緒に食べるカステラは一味違う。

「女学校のみんなが言っていたのか？」

「ええ。お母様と行かれる方が多いけれど、中にはお友達同士で御付を連れて出掛けられる方もいたりして、どんなところだろうと憧れていました」

「ふーん。俺もミルクホールに入ったのは初めてだ。男一人では入りづらいからな」

混み合った店内は、女性同士がほとんどで、たまに女性連れの男性がいるぐらいだ。

「頂いてもよいですか？」

「どうぞ、お嬢様」

宗次郎は待ちきれないで尋ねる磨緒を可笑《おか》しそうに見て言った。

鮮やかな黄金色のカステラは、ふんわりとしてフォークで切ると柔らかい弾力がある。

ぱくりと頬張ると、甘みが口いっぱいに広がり、ミルクを含むと心地よく溶けていく。

「美味しい！」

店の雰囲気なのか、ミルクと合うのか、今まで食べたカステラと全然違う。

「それは良かった」

宗次郎は頬杖をつきながら、磨緒を眺めているだけだ。

「宗次郎様は食べないのですか？」

「実は……あまり甘いものは好きではない。良かったら俺の分もどうぞ」

宗次郎は自分のカステラの皿を磨緒の方に差し出した。

「え？　好きじゃないのに注文したのですか？」

「他に注文できるものもないしな」

「じゃあ宗次郎様は……」

磨緒のためだけにミルクホールに入ってくれたのだ。

それに高価なティーセットを磨緒に選ばせてくれた。

「あの……どうしてそんなに私に親切にしてくれるのですか？」

磨緒の問いに宗次郎は心外な顔をした。

「どうして？　もちろん妻になる女性だと思っているからだ。まだ迷っているのか？」

「それは……」

他に道はないと分かっているけれど、決断する自信がない。

「では……妻にならないと言ったら、親切じゃなくなるのですか？」

「当然だろう。振られた腹いせに身ぐるみはがして追い出すかな」

「……」

青ざめる磨緒を見て、宗次郎はぷっと笑い出した。

「ははは。嘘だよ。さすがにそこまではしない」

磨緒はほっと息を吐いた。

「だが……。妻でもなく役にも立たない女性を家に置いておくほど俺は親切ではない」

はっと磨緒は宗次郎を見つめた。

「どうしても俺の妻になるのが嫌だと言うなら、俺の役に立つ人間になることだな。そうすれば、喜代と一緒にこのまま置いてやってもいい」

「宗次郎様の役に立つ人間？」

「例えば……俺は今まで主に石油ランプの輸入と、日本人の用途に合わせた開発・販売などで時流に乗ることができたが、それもそろそろ潮時だと思っている。次は洋食器を扱ってみようかと情報を集めていたところだった。君に何かできることがあるか？」

「私ができること……」

ティーセットを眺めているのは好きだけれど、それで何かできるだろうか。

「俺の役に立てる方法を死に物狂いで考えろ。そして俺が君を必要だと感じたならば、職業婦人として雇ってやってもいい」

「職業婦人……」

「そうだ。家にいるシェフだってそうだ。あれは貧しい船乗りだった。だが船乗りのまま人にこき使われて終わる人生が嫌だと言った。だから他に何ができるのかと尋ねたら、料理を作るのが好きだと答えた。それでそのまま俺と一緒にフランスに渡り、知人を介してシェフの下で働けるようにしてやった。そうして俺のもとに戻ってきた」

「では……フランス帰りのシェフを見つけて雇ったのではなく……」

「そうだ。今、俺の下で働いている使用人達はほとんど俺が修業に出し、俺の役に立つ人間になって戻ってきた連中だ」
だからあんなによくできた使用人達ばかりだったのだ。
給金だけで雇い入れた以前の使用人達とはわけが違う。
「だからあの家にいたいなら、自分に何ができるのか考えることだ」
宗次郎は不思議な人だと思った。
意地悪なようでいて優しい。
突き放すようでいて、困っている人を放っておけない。
今まで会った誰とも違う。
「まあ、お手並み拝見だな。頑張れ、磨緒お嬢さん」
温かい目で微笑む宗次郎にどきりとした。
この目に見つめられるとドキドキするけれど、不思議に心地いい。
この人と暮らすのは嫌じゃない。むしろわくわくする。
妻という立場になれば、ずっとこの人のそばにいられるというならそれもいい。
ただ……妻というものになるのが少し怖い。それだけだ。
（私がこの人の妻になんて……なれるのかしら……）
一歩踏み出す勇気がない。自分のことを自分で決める自由をやっと手に入れたというのに、その最初の決断が結婚となると尻込みしてしまって決められない。自分が分からなくなる。

(私はどうしたいのかしら……)

しかしそんな磨緒に、突然背後から声がかけられた。

「あら、磨緒様ではなくて？　こんなところであなたとお会いするなんて」

はっと振り向くと、久子が立っていた。

嫌な人に会ってしまった。

その後ろには二人の取り巻きと、それぞれに御付を連れて遊びに来ていたようだ。

「お父様が突然亡くなられて、喪に服しておられるのかと思ったら」

「まさか勧工場に来ていらっしゃるなんて。しかも男性と？」

三人の学友はひそひそと宗次郎を見て話し合っている。

そして気の毒そうに磨緒を見下ろした。

「まあ……そういうこと……。桂小路家は爵位も返上されたと聞きましたものね」

「無一文になったとお聞きしましたけれど、それで……」

「そういうお仕事をなさることにしたのね」

「そういうお仕事？」

磨緒は訳が分からず聞き返した。

「園城寺様と婚約されるはずだったのに、なんてお気の毒な磨緒様」

「私などは想像もできないお仕事ですけれども、とにかくお元気そうで良かったわ」

「生きていればきっといいこともございますわ。元気をお出しになって」

憐れむように言う三人に、向かいにいた宗次郎がぷっと笑い出した。

「宗次郎様……」

「はは……ははは。なるほど、想像たくましいお嬢様達だ。ははは」

宗次郎に笑われて、久子達はむっと睨みつけた。

「な、何が可笑しいのですか？　失礼な方だわ」

「これだから身分の違う方は苦手ですの」

「見たところ軍人さんでもないようですし、何のお仕事をなさっている方なの？」

宗次郎は今日も詰襟に長い丈の上衣の変わった服を着ている。

職業が分からないどころか、日本人かどうかも分からないような服装だった。

宗次郎は少し畏まった口調に戻して答える。

「いや、失礼。察するに、お嬢様達は、私が磨緒さんを娼館かどこかで買ったと思っているようだが、残念ながら磨緒さんはそんなところで働いていませんよ」

「え……娼館？　私が？」

宗次郎に言われて初めて、麿緒は久子たちが何を言っていたのか気付いた。

「だ、だってお父様も言っていましたわ。桂小路家はもう終わりだって。債権者にすべて奪われて、麿緒様も廓にでも売られたのだろうって」

「私も聞きましたわ。すでにお屋敷は新しい大金持ちが買い取って、大改装していたと」

「もう桂小路家の方は誰も残っていないと聞きました。違うのですか？」

久子たちは怪しむように宗次郎を見た。

「その大金持ちというのが私のようですね。確かに桂小路家の西洋館を受け継ぎました。でも麿緒さんには屋敷に残ってもらって私の仕事を手伝ってもらおうかと思っています」

久子達は唖然として麿緒と宗次郎を交互に見た。

「麿緒様がお仕事を？　まさか……」

「まずは見聞を広めてもらおうと、今日は勧工場を見学に来たのです。ねえ、麿緒さん」

宗次郎は努めて紳士的に麿緒に尋ねた。

「え……。ええ……まあ……」

麿緒も宗次郎に合わせて肯いた。

「そ、そうでしたのね？　職業婦人になられるなんて意外でしたわ」

「でも白椿女学館にはもう戻って来られないのよね？」

「寂しいけれど、どうか元気でお過ごし下さいませね」

三人は気まずい顔で麿緒に告げた。しかし宗次郎は言う。

「女学館をやめるとは言っていませんよ。今までどおり通ってもらうつもりです」

「え？」

その言葉に驚いたのは麿緒の方だった。

「宗次郎様……。私は……」

「あと一年で卒業なのだから行きなさい。通いながらでも仕事はできる」

女学校にはさほど未練はなかったのだが、思わぬ展開になってしまった。

久子はにやりと口端を歪めて微笑む。

「まあ、ではまた女学館に来られるのね。楽しみだわ」

「ええ。お待ちしていますわね、麿緒様」

「また学校で楽しく過ごしましょうね。ではごめんあそばせ」

とんでもないことになってしまった。

七、再び女学館へ

麿緒は一夜明けて、女学館へ向かう馬車に揺られていた。

心配した喜代も御付として一緒に付き添ってくれている。

昨日、久子達と別れてから宗次郎と少し口論になった。

「なぜあんなことを言ったのですか？　私はもう女学館なんて行きたくなかったのに」

「君はあんな言われ方をして悔しくないのか？　しっかり卒業して見返してやれ！」

宗次郎は久子達の言葉に腹が立ったようだった。

「あの方達は……いつもあんな感じなのです。別に気にしていないわ」

「いつもあんな言われ方をしているのか？」

宗次郎は呆れたように言ってから肩をすくめた。

「華族の令嬢といってもいろいろいるものだ」

「だからもういいの。女学館もこのまま退学でいいのです」

「よくない。俺が嫌なんだ」

結局そんな宗次郎に押し切られるまま、女学館に行くことになってしまった。

「宗次郎様が怒ることなんてないのにね、喜代」

麿緒は馬車に揺られながら隣に座る喜代に言った。

「お嬢様のために怒って下さっているのですよ。良い方ではないですか」

喜代はこのところ毎日少しずつ宗次郎に好意的になっていた。

父と比べるせいかもしれないが、使用人の立場からすると理想的な主人らしい。

他の使用人達の話を聞いても、みな宗次郎を慕っているようだと言う。

「喜代ったら、すっかり宗次郎様贔屓になっているわよ」

そんなことを話しているうちに、馬車は女学館の前に到着していた。

人力車で通学してきた女学生達が驚いたように麿緒の馬車を見ている。

そういえば、馬車で通学している女学生などいなかった。

人力車を呼んでもらおうと思ったのだが、面倒だと馬車に乗せられてしまった。

豪華な馬車から降りてくる麿緒に、みんな興味津々だった。

「まあ、あれはお噂の桂小路様ではなくて？」

「爵位返上とお聞きしましたけれど……」

「ずいぶんご立派な馬車に乗って来られましたのね」

下級生達がこそこそと噂している。

(こんな風に言われるから嫌だったのに……)

麿緒は注目を浴びながら喜代を連れて進み、玄関口で御付の控え室に行く喜代と別れた。

一人きりになると一層みんなの視線が背中に突き刺さるような気がした。

俯いたまま長い廊下を進み、恐る恐る松組の教室のドアを開くと、久子達が待ち構えるように立っていた。

もうこのまま帰ってしまいたい。

「まあ、本当にいらっしゃったのね。なんて心臓のお強い方かしら」

「私ならあんなことがあった後で、学校に来る勇気なんてございませんわ」

「しかも男性と二人で勧工場にいらしてたのよ。みなさま」

久子は組中のみんなに聞こえるように言い放った。

みんなは信じられないという顔でこそこそと話し合っている。

やっぱり来るんじゃなかった。

ここにいい思い出なんて何もないのに。

「そういえば、あのことをお話しになって差し上げたら、久子様」

「まあ、うふふ。そうね。磨緒様に教えてあげましょうよ」

久子の取り巻き達がくすくすと笑う。そして久子が勝ち誇るように告げた。

「実は昨夜のことですけど、園城寺様より縁談の打診を頂きましたのよ。清太郎様が本当は当初から私を気に入っておられたなんておっしゃいますの。でも養子のこともあって、ご両親の意見に従ったそうですけど、やはり私が好きだなんておっしゃっているみたいで、困ってしまいましたわ」

「清太郎様が……」

清太郎の名を聞くと、暴言を吐かれたあの日のことを思い出して、苦い気持ちが込み上がってくる。

「ですけど仕方なくとはいえ、一度は磨緒様を選ばれたのですから、私はどうしようかと迷っていますの。爵位の問題もございますしね。本当にどうしようかしら。どうしたらいいと思いまして？　磨緒様」

それを磨緒に聞いてどうしようというのだろう。

けれど磨緒は俯いたまま怒ることも言い返すこともできなかった。

「なんとかおっしゃいませよ。本当にあなたってつまらない人だこと」

反応のない磨緒に、呆れたようにため息をついて久子は言う。

言いたいことを我慢しているわけではない。なんの感情も湧いてこないのだ。

通り過ぎる嵐を待つように、麿緒の感情が息をひそめている。

立ち尽くしたままの麿緒に、職員室から麿緒が登校してきたという噂を聞きつけてやってきたらしい教師が声をかけた。

「桂小路麿緒さん、ちょっと館長室に来て下さる？」

「え？」

「いえね。桂小路男爵様は御不幸なことでしたけれど、爵位も返上なされたようで、松組にいらっしゃるのはどうかというお声が保護者の方達から出ているのです」

麿緒ははっと久子の方を振り返った。

久子と取り巻き達はにやにやと笑っている。

（久子様達が親に言ったのだわ）

なんて嫌な人達だろうと思う。けれどそれだけだ。

「とにかく館長先生からお話があるそうなので、来て下さい」

「はい……」

結局久子達を見返すどころか、更にやり込められた。

だがその怒りはなぜか久子達ではなく宗次郎に向かった。

(もっとひどいことになってさらに傷ついたじゃない。宗次郎様のように私は強くもないし、何もできない人間なのよ。みんなが自分と同じように強いと思わないでほしいわ)

退学になるならそれでいい。もう放っておいてほしい。

麿緒は俯いたまま教師について館長室にとぼとぼと歩いていった。そして。

「え？　梅組に？」

館長室で告げられたのは、今日から梅組に編入してはどうかという話だった。

「ええ。梅組の方達は勲功華族の方ばかりで、商家のお嬢様もいるわ。あなたにとっても松組のように格式高いお家柄の方達の中にいるより良いのではないかと思うの」

「はい……。でも……退学ではないのですか？」

麿緒が尋ねると、少しふくよかな館長先生はとんでもないと丸い顔で微笑んだ。

「いえね。あなたの後見人でいらっしゃるのかしら？　時任様から寄付金のお申し出を頂いているのよ。時任様といえば、あの時任商会を起こした方でいらっしゃるのよね？」

「時任商会……」

そういえば麿緒は、結局宗次郎がどんな会社を経営しているのか知らなかった。

ずいぶん有名な会社のようだ。

「桂小路男爵のことは本当にお気の毒で、私も心配致しましたけど、良い方に後見になって頂いてよろしかったですね。安心しましたよ、麿緒さん」

館長先生は上機嫌に話す。

宗次郎はいったいいくら寄付しようとしているのだろう。

「麿緒さんは成績も良くて白椿女学館の模範的な生徒ですもの。きちんと卒業してもらいたいのよ。やめようなんて思わないで下さいね。困ったことがあれば、何でも相談してちょうだい。必ず力になるわ」

松組にいた時よりも館長先生が親切になった。

「はい……。ありがとうございます」


そのまま先生について梅組の教室に行くと、教壇の横に立たされた。

「みなさま、今日からこの梅組に編入される桂小路麿緒さんです」

教師が伝えると、机を並べる二十人ぐらいの女生徒達が騒然とした。

「まあ！　話題の桂小路様だわ。ほら婚約発表の日にお父様が……」

「爵位返上と聞いたけれど、梅組に編入されるの？」

「松組の方が梅組になるなんて前代未聞ではなくて？」

「それよりも無一文になったとお聞きしたけれど、学費は払えるのかしら」

やはりどこにいっても、麿緒はもう一生『婚約発表の日に父親が自殺して、爵位返上して無一文になった気の毒な人』なのだと痛感する。

憐れむようなみんなの視線がとげのように体に刺さる。

やっぱり帰りたい……と思った麿緒だったが……。

「みんな静かにしてくれる？　彼女が自己紹介しようとしてるでしょ」

中性的な声が響き、一瞬にして教室が静かになった。

声の主を見ると、柳沢小夜子だった。

女学館にただ一人自転車で通う、パーマネントのかかった茶色の髪をしたあの有名人だ。

窓際の一番後ろの席に座った小夜子の顔色を窺《うかが》って、みんな慌てて口を噤《つぐ》んだ。

どうやらこの組で一番発言力があるのは小夜子のようだった。

「じ、じゃあ、自己紹介して下さるかしら、麿緒さん」

先生に促され、麿緒は仕方なく名前だけの自己紹介をした。

「桂小路麿緒です。よろしくお願い致します」

「では麿緒さんは、小夜子さんのお隣が空いているかしらね」

はっと見ると、小夜子が「どうぞ」とでも言うように自分の隣を指し示していた。

まさかこの人の隣の席になる未来があるとは考えもしなかった。

磨緒が小夜子の隣に座るのを、みんな羨ましそうに見ている。

梅組の同級生からも中性的な小夜子は憧れの人なのだ。

磨緒も本音を言うと、ずっと憧れていた。

誰の目も気にせず、思うままに生きている小夜子が羨ましい。

周りから浮き上がらないように、無理をして我慢して自分を押し殺してきた磨緒は、小夜子のように堂々と周りと違う自分をさらけ出せる強さに憧れてしまう。

こんな風に自分も生きられたら良かったのにといつも思っていた。

「あの……。これからよろしくお願いします」

磨緒は少し緊張しながら小夜子に声をかけた。

「……」

小夜子はちらりと磨緒を見るだけで無言だった。

無視されたのかと思ったが、少し間を空けてから尋ねてきた。

「確か以前、九条塚久子達に取り囲まれていた子だよね」

「あ、はい……」

覚えてくれていたのだとちょっと嬉しくなった。しかし。

「あなたが宗次郎の言ってた子か。がっかりだね」

「え？」

宗次郎とは、時任宗次郎のことだろうか。

どう考えても宗次郎のことに違いない。

「宗次郎様をご存じなのですか？」

「ああ。時々仕事を手伝っている」

「仕事？」

小夜子はそれには答えず、ため息をついた。

「宗次郎が選ぶ女性はどんな凄《すご》い人だろうと思っていたけれど……、女の趣味は大したことないみたいだね。宗次郎もやっぱり顔で選ぶんだな」

「……」

よく分からないが宗次郎が磨緒を妻にしようとしていることを知っているらしい。

「言っておいてあげるよ。あんたに宗次郎は扱いきれないよ。甘い期待はしないことだ」

小夜子は余計な助言をすると、もう磨緒に話しかけてくることはなかった。

長い一日を終えて喜代と馬車に乗って帰る磨緒は、ぐったりと疲れていた。

新しい組になって、松組との違いに慣れるだけで精一杯だった。

公家筋の華族ばかりの松組と違って、梅組はずいぶん気軽な組だった。

みんな御付など連れていないし、着るものもいろいろだ。

麿緒と同じ矢羽根絣の着物の子もいれば、金持ちの商家なのかフリルたっぷりのブラウスに袴を穿いている子もいる。

勲功華族はいろいろな家の子がいて、裕福さも様々のようだった。

少なくとも松組よりは肩肘を張らずに過ごせるのだが、麿緒が浮いていることには変わりない。みんな小夜子が無視しているのを見て、同じように無視することに決めたようだ。

松組の久子が梅組の小夜子に代わっただけだった。

「嫌な思いはされなかったですか、お嬢様」

喜代は馬車の隣に座って、心配そうに尋ねた。

「松組から梅組に組替えするなんて、館長先生もむごいことを……」

喜代は御付の部屋で麿緒の状況を聞かされて、ずいぶん憤っていたようだ。

「でも松組にいるよりは良かったわ。そう悪くもなかったから大丈夫よ」

麿緒は喜代を安心させるように、あえて強気に答えた。

小夜子には無視されているが、久子ほどの嫌な威圧感はなかった。

皮肉にもいじめられ慣れているせいで、思ったほどではない。

喜代は磨緒の言葉を聞いて目を丸くした。

「なんだか……お強くなられましたね、お嬢様」

「そう？　そうね。開き直ったのかしら」

肩書も財産も失くして、縛られるものがなくなりすっきりした部分もある。

「気付いておられますか？　以前よりはっきりと物をおっしゃるようになられましたよ」

「それは宗次郎様が……」

宗次郎がずけずけと物を言うせいで、つられて言い返すことにこの数日で慣れてしまいつつある。そういえば父が生きていた頃より、思ったことが言えているような気がした。

言いたいことも言えず鬱々とすることが少なくなった。

まだ久子には恐ろしくて言い返せないけれど。

「奥様が生きていらした頃のような潑剌としたお嬢様を思い出します」

「そうね。あの頃はお母様が守って下さったから、怖いものなんてなかったもの」

父は少し怖かったけれど、いつだって母が庇ってくれた。

今は……。

(宗次郎様がいるから……？)

気付かなかったけれど、宗次郎の存在が磨緒を強くしてくれているのかもしれない。

（私ったら、いつの間にか宗次郎様を頼りにしてしまっていたの？）

そんなつもりはなかったはずなのに、宗次郎の存在が麿緒に安心感を与えている。

そう気付いて、小夜子の言葉が頭をよぎった。

『あんたに宗次郎は扱いきれないよ。甘い期待はしないことだ』

（甘い期待なんて……別にしてないもの……）

なんだか恥ずかしい気分で俯く麿緒は、ふと鋭い視線を感じた。

はっと顔を上げ、馬車から通りに目をやる。

そこには、片目だけ出して麿緒をじっと見るビー玉のような目と耳が見えた。

「あっ！　黒猫！」

思わず指をさす麿緒に黒猫の方も気付いた。

見つかって余程驚いたのか「にゃっ！」という叫び声と共に、慌てて逃げていった。

「見たでしょ、喜代！　にゃって言ったわ！」

「え？　なんのことでございますか？」

喜代は麿緒の指さす方を、目を凝らして見ていたが分からないようだった。

「もう！　見なかったの？　にゃって言って逃げていったじゃない」

「にゃ？」

喜代は首を傾げる。

「やっぱり黒猫だわ！　あれは黒猫なのよ、喜代！」

「黒猫さんがいらしたのですか？」

「そうよ。黒猫よ。ううん、違うったら。その黒猫じゃなくて本物の黒猫なのよ」

「偽物の黒猫さんがいるのですか？」

「だから……本物の猫なんだったら」

むきになって言う磨緒を見て、喜代は笑い出した。

「ふふふ。何を言ってらっしゃるのですか。そんな冗談まで言われるようになって、明るくおなりになって喜代は嬉しいですよ、お嬢様」

「冗談じゃないんだったら……」

けれどやはり他の人には言っても分かってもらえそうにない。

磨緒は、仕方なくそれ以上説明するのを諦めた。

八、仕事始め

「麿緒、ちょっと来てみろ」

女学館から帰ると、階段の上から宗次郎に呼び止められた。

「こっちの部屋の改装が終わったんだ。見てみるか？」

「見ても……いいのですか？」

麿緒は階段上の宗次郎を見上げた。

「もちろんだ。君に見せたいものがある」

宗次郎の言葉がなぜか嬉しい。

「喜代も来て」

一人で「表」に入ることが憚《はばか》られたので、喜代も連れて階段を上った。

階段を上ると、奥に向かって重厚な扉が連なって見えた。

その一番奥が、宗次郎の執務室らしい。

「どうぞ、お嬢様。お入りください」

宗次郎がわざと慇懃《いんぎん》に言って、ドアを開いてくれた。

中に入ると、想像以上に広い部屋だった。

真新しい大きな机と、座り心地のよさそうな椅子、それに革張りのソファセットが置かれている。書棚が並び、三つに分かれた窓にはドレープカーテンがそれぞれに掛かってい
て、天井からはきらきらしたシャンデリアがさがっている。

「こんなお部屋があったのね……」

十六年間暮らしてきた家なのに、初めて知った。

「まあ、家具は全部入れ替えたけどな。壁紙も全部替えた」

喜代も初めて入ったのか、きょろきょろしている。

「隣の部屋を俺の寝室にした。その隣が物置になっていて、階段の一番手前にあるのが家令のじいの部屋だ。用がある時は、じいか俺の部屋を訪ねてくればいい」

宗次郎は、磨緒には考えられない気安さで訪ねてきていいと言う。

「私が訪ねるような用はないと思いますが……」

「そう思うか？　ところが用があるのだ。この書棚にな」

宗次郎は磨緒に言うと、懐から鍵を取り出して壁一面に置かれた書棚の扉の一つに差し

込んだ。この扉にだけ鍵がついているようだ。

扉を開くと、分厚い本のようなものが並んでいる。

「これが何か？」

「この和綴《わと》じ本だ」

宗次郎は紐《ひも》で綴じられた本を一冊取り出し、磨緒に渡した。

両手で持たないと落としてしまいそうなほど分厚くて重い。

その表紙絵を見て、磨緒は目を輝かせた。

「これは……」

「洋食器のカタログだ。シェフと同じ時期に知り合った下働きの男が、自分は西洋画家になりたいと言うからイギリスに連れて行ってやった。しかし洋食器が気に入って、そればかり描くようになってしまった。正直画家として大成することはないだろうと思っていたのだが、ならば洋食器のカタログにしてみろと作らせたものだ」

「すごい……」

ぱらぱらとめくると、洋食器が実物と遜色ない色鮮やかさで描かれている。

「これほど綺麗に描かれたカタログはまずないだろう。世界に一つだけの貴重なものだ。だから持ち出すことは厳禁だ。見る時はここで見てもらいたい」

「見てもいいのですか？　私が……」

「ああ。好きな時に来て見ていい。俺がいない時は、鍵はじいに預けておく」

そして宗次郎は、書棚から別の冊子のようなものを取り出してソファテーブルに置いた。

「こっちは洋食器のおおよその価格表だ。英字とドル表記だが、理解できるか？」

手書きの虎の子帳のようで、筆記体の文字とともに数字が並んでいる。そしてところどころ日本語で説明が付け足されていた。

「英語はある程度読めますが……これは宗次郎様が書かれたのですか？」

「ああ。実地に調べたものもあれば、外国商人から直接聞き取って価格表を書き写させてもらったものもある」

英語は母とアンの影響で馴染《なじ》んでいたし女学館でも習っていた麿緒だが、商人の宗次郎は普通に英語を使って仕事をしているのだと、改めて感心した。

商人として成功している宗次郎は、思った以上に博識だった。

そして集められるだけの情報を集めてから商売を始めている。

ただのまぐれ当たりで成功した成金商人ではない。きちんと下調べをして、しかるべき努力をした上での成功だったのだ。

「今のところ手に入る情報をなんでも書き込んだだけで、どの商人がどの窯元の洋食器を扱っているのかもきちんと理解できていない。どこと取引すべきか迷っているところだ。それを俺にも分かるようにまとめてもらえれば助かる。君にできるか？」

宗次郎の役に立つ仕事をしたいという気持ちが湧き上がる。

きっとシェフも画家も使用人達も、そんな気持ちで仕事をしているのだろう。

「できるかどうか分からないけど……やってみたい……です」

宗次郎は磨緒の返答を聞いて、にこりと微笑んだ。

「ならば任せる。当面の間はこの部屋のソファで仕事をしてくれ」

「はい」

さっそくソファに座ってカタログと冊子を読破することにした。

「あの……喜代にも手伝ってもらっていいですか？」

執務机で仕事をする宗次郎と二人きりになることを心配して、喜代は部屋に残ってくれていた。手持ち無沙汰に立っているのも申し訳ない。

「ああ、どうぞ。君と喜代はセットのようだな。ふ……華族のお嬢様には、悪い虫がうかつに手を出せないようになっているらしい。俺としては残念だが仕方ない」

「な！　軽口はやめて下さいませ」

宗次郎は時々どきっとすることを言う。

いちいち動揺して頬を染めてしまう自分が嫌だ。

気持ちを落ち着けようと胸に手を当てた麿緒は、すぐ横に視線を感じてはっとした。

「きゃっ！　なにっ！」

すぐそばのソファの肘掛からビー玉のような片目が覗いていた。黒猫だ。

「あ、あなたいつの間に！」

さっき女学館の帰り道に見かけたけれど、いつの間にこの部屋にいたのだろう。

黒猫は叫び声を上げた麿緒に驚いたように目を丸くして耳を立てている。

「ああ。黒猫は用のない時はいつも俺のそばにいるんだ。部屋から追い出しても気付けば足元に丸まっていたりするから、特に害もないことだし自由にさせている」

本当にソファの横の床にちょこんと座っていた。

「だから君と俺が二人きりになることを心配しているようだが、まずないだろう。俺のそばには必ず黒猫がいる」

（完全に猫じゃない……）

麿緒は怪しむように黒猫をじっと見た。

黒猫は目が合うとびくっとして、目線を合わせないようにそっぽを向いた。

けれど警戒して立てた耳が、麿緒を探るようにこちらを向いている。尻尾も落ち着きなくぺんぺんと床を叩いていた。

(みんなこれが見えないなんて、どうかしているわ)

そう思う麿緒だが、宗次郎も喜代もまったく気付いていないようだ。

やっぱりおかしいのは、見えている自分の方なのだ。

気を取り直してカタログに目をやると、また視線を感じる。

見ると黒猫が片目で麿緒を覗いている。そして麿緒が視線を向けると、あわててそっぽを向く。その繰り返しだった。

(片目だけ覗かせて見るのをやめて欲しいのだけど)

こうして麿緒の奇妙な仕事生活が始まった。

◇

「あった、あった。これだわ。懐かしい」

女学館から帰ったばかりの麿緒は、部屋の物入れの中から昔使っていたお手玉を出してきた。着物の端切れで作った小豆入りのお手玉だ。

「お手玉などどうされるのですか、お嬢様」

喜代が首を傾げる。

「ふふ。ちょっと思いついたの。あとでね」

嬉しそうにお手玉を眺める麿緒を見て、喜代はくすりと笑った。

「なんだか分かりませんが、最近楽しそうでございますね。時任様のお仕事を始めてから、生き生きとしていらっしゃいます。学校も問題ないようでございますし」

実際に、日に日に自由を取り戻していくような感覚がある。

女学館の方は、正直いうとほとんど無視されたまま過ごしている。

けれど松組の時のように久子達に嫌みを言われる日々よりはずっとましだった。

誰とも話さず国語を習い、琴を弾き、裁縫をしたりお花を生けたりする毎日だ。

松組の頃が嫌すぎたせいか、さほど苦にも感じていない。

「梅組に替わって良かったのかもしれないわ。私には梅組の方が合っていたのよ」

去年と同じ矢羽根絣の着物を着ていても、それをとやかく言う人なんていない。

松組も久子達以外の人はさほど意地悪でもなかったのだが、久子が牛耳っていて誰も逆らえない雰囲気が苦手だった。

梅組は誰が牛耳っているかといえば小夜子なのだろうが、彼女ははっきり物を言うけれど自分の意見を他人に押し付けるようなところがなかった。

小夜子には相変わらず無視されているが、それで意地悪をされることなんてない。

（そういえば小夜子様は、宗次郎様とどうやって知り合ったのだろう）

黒猫のことが気になりすぎて、小夜子のことを聞くのを忘れていた。

（あとで宗次郎様に聞いてみよう）

でも、それよりまずは黒猫だ。


「失礼致します、宗次郎様」

宗次郎の執務室に入ると、相変わらず執務机の横の床に黒猫が座っていた。

「ああ。女学校から帰ったのか。おかえり、麿緒」

宗次郎は午前のうちに会社に出掛け、その後商談などを済ませて麿緒が女学校から帰る頃には部屋に戻っていた。夜になるとまた接待に出掛けることも多いが、麿緒が部屋にいる間はいつも執務室で仕事をしていた。

「仕事はどうだ？　カタログと冊子はまとめられそうか？」

宗次郎は毎日麿緒に仕事の進捗《しんちょく》を尋ねてくる。

「はい。まず窯元ごとにまとめてみることにしました。高価なものから順になるように書き出しています。ですが取り扱っている外国商人によって値段は微妙に違うようです。どの商人が一番安い値で扱っているか分かるように表にしています」

大量に取り扱う大会社の商人は、大衆向けの洋食器を安く取り扱っている。

だが小さな個人商人の方がアンティークな良い品を揃えていたりする。

そしてカタログに描かれている洋食器はたいてい高額の良い品だった。描いた画家は、さすがに良いものを見抜く目があるらしかった。

調べれば調べるほどいろんな発見があって面白い。

「実は今度、洋食器の合同展示会がある。横浜に滞留している外国商人達が日本での販路の新規開拓を考えているようだ。時任商会も買い付けに参加する。麿緒ならどの商人と取引する？」

宗次郎は尋ねた。誰かに意見を求められることなんて、今までなかった。

頼りにされているようで嬉しくなる。

「私なら……このエバン・リーンという方との取引を望みます」

エバン・リーンは取り扱う洋食器の数は少ないが、良い品を取り揃えている。大衆向けの安価な食器も、安価でありながら良い品だ。カタログにもちゃんと描かれている。

取り扱う商品を見れば、洋食器を愛している人かどうか透けて見えてくる気がした。

「なるほど。エバン・リーンか。気難しい相手だぞ」

「そうなのですか？」

「ああ。どれほど金を積んでも納得した相手としか取引しないらしい。その代わり、彼に認められれば洋食器業界での取引はやりやすくなるだろう」

その時、ノックの音と共にじいが入ってきた。

「旦那様、お客様がお見えでございます」

「ああ、来たか」

宗次郎は約束していたのか、肯いてじいと共に部屋を出ていった。

「忙しい方でございますね」

喜代は宗次郎を見送って磨緒に話しかけた。

「ゆうべも遅くまで出掛けていらっしゃったようですよ」

「仕事はとてもできる人のようね」

言うことは厳しいけれど、成果を上げればきちんと認めてくれる人のようだ。

答えながら、磨緒は懐からお手玉を取り出した。

「？　お嬢様。急にお手玉など取り出して、どうなさるのですか？」

喜代が首を傾げる。

「うふふ。見ていて」

磨緒はお手玉の一つをぽーんと投げ上げた。

ソファの陰から片目で覗いていた黒猫が、目を丸くしてお手玉を見上げている。

昔、庭に野良猫がよく入ってきて母と世話をしていたことがある。猫の扱いには慣れていた。どんなことをすれば喜ぶのか知っている。

磨緒は三つあるお手玉を順番にぽーんぽーんと投げ上げて受けとめる。

黒猫はお手玉の動きをまん丸になった目で上下に追っている。

時々変則的に高くしたり低くしたりすると、黒猫の耳がぴくりと立ち上がる。

「そうですね……お嬢様もお仕事ばかりで気晴らしも必要ですからね」

喜代は不可解な磨緒の行動を自分に納得させるように呟く。

磨緒は構わずお手玉を投げ上げていたが、摑み損ねて一つが黒猫の頭上に飛んでいった。

驚いた黒猫は「にゃっ！」と叫んで、思わず握りしめた右手でお手玉を弾く。

磨緒はその途端「あっ！　やっぱり！」と叫んで立ち上がった。

黒猫は立ち上がる磨緒に驚いたのか、敏捷な動きで執務机の方に駆けていく。

そして執務机から片目を出して警戒するように磨緒を見ている。

「ね、見たでしょ、喜代！　にゃって言ったわ！　お手玉を弾いたわ！」

しかし喜代は困ったような顔になっている。

「にゃ？　何をおっしゃっているのですか？　黒猫さんは、背は高いけれどまだ子供っぽさが残った方のようですね。お手玉で遊んでみたいのではないですか？　貸しておあげなさいませよ」

「そういうことじゃないのだったら」

磨緒はお手玉を持ったまま、そっと黒猫に近付く。

そして目の前でお手玉をつまんで左右に揺らして見せる。

黒猫はビー玉のような目でお手玉を追ってから、触りたそうに右手を彷徨《さまよ》わせている。

「ねえ、あなたは猫なの？　人間なの？　どっち？」

磨緒が問いかけると、黒猫の耳がぴんと立って、だっと逃げていった。

「あ、待って！　分かったからって何かするわけじゃないのよ」

磨緒は黒猫を追いかける。

「ねえ、待って。じゃあ耳を触らせて。ちょっとだけだから」

まん丸な目で逃げ回る黒猫を、磨緒は追いかける。

「まあまあ、お嬢様。奥様が生きておられた頃のように元気になられたのはよろしゅうございますが、部屋の中を子供のように走り回るものではありませんよ」

喜代が窘《たしな》めたが、黒猫が逃げるのだから追いかけるしかない。

「待ってったら。なにもしないから」

その時ドアが開いて、走り回る黒猫と麿緒を見て宗次郎が目を見開いた。

「あ、宗次郎様……」

黒猫は助けを求めるように、宗次郎に駆け寄り後ろに隠れた。

宗次郎は足元にしがみつく黒猫を見てから、怪訝《けげん》な顔で麿緒を見た。

「なんだ……。追いかけっこか。ずいぶん黒猫と仲良しになったのだな」

黒猫はぶるぶると首を振っている。

麿緒ははしたないところを見られてしまって真っ赤になった。

華族の令嬢としては、ありえない粗相だ。

「い、いえ……。そういうわけではありません」

宗次郎は真っ赤になる麿緒に、ふっと微笑んだ。

「大人しいお嬢さんだと思っていたが、思ったよりお転婆《てんば》のようだ」

麿緒はさらに真っ赤になった。

(変なところを見られてしまったわ)

「俺としては、それぐらい元気な女性の方が好みだがな」

麿緒ははっと顔を上げ、ますます真っ赤になる。

好みだなどと言われて、ちょっと嬉しく思っている自分が恥ずかしい。

「まあそれはいいとして、君に紹介したい人がいる」

宗次郎は告げた。

「私に紹介したい人？」

「もう連れてきている、入ってくれ」

宗次郎が部屋の外に呼びかけると、信じられない人物が入ってきた。

「あなたは……」

黒地のメリンス友禅に臙脂の袴を穿いた学校帰りらしい小夜子だった。

少し不満げな顔で磨緒を睨みつけている。

「君と同じ白椿女学館に通っているが、話を聞くとどうやら同じ組になったそうだな」

「ええ。そうです。でも小夜子様はどうして……」

宗次郎と知り合いだとは分かっていたが、家を訪ねるほどの仲なのだろうか。

「彼女は洋装ドレスのデザイナーを目指している。日本の婦人の体型に合わせたドレスの意匠を絵に描き出して商品にする仕事だ。私の知り合いのフランス人が横浜でドレスショップを開いているのだが、週末にそこで見習いをしている」

「ドレスのデザイナー……」

想像したこともない職業だ。

若い女性の間で電話交換手や官庁勤めの職業が人気と聞いたことはあるが、華族の令嬢には職業婦人になる者もほとんどなく、デザイナーなんて初めて聞いた言葉だった。

でも小夜子らしい。

いつも黒地の着物を着ているが、決して地味なわけではなく粋な付け襟や髪留めなどを合わせて独特の華やかさを持っている。お洒落な人だと思っていた。

小夜子は磨緒に知られたくなかったようで、不機嫌そうに黙り込んでいる。

「彼女は人使いの荒い人でね、俺が海外に長く住んでいて西洋人の知り合いが多いと分かると、いきなりやってきて誰かドレスの縫製を教えてくれる人を紹介しろだの、ここで働けるように紹介してくれだの下僕のように俺を使うのだよ」

宗次郎が肩をすくめて言うと、小夜子はつんと顎を上げて言う。

「夢を叶《かな》えるためなら、使えそうな人は使うしかないだろう。当然だよ」

父が生きていたら、女性が小夜子のような態度をとれば憤慨していたことだろう。

父でなくとも華族の男性は、磨緒が知る限り女性に使われるなんて許せない人種だ。

けれど宗次郎は、可笑しそうに笑う。

「おまけに俺がその当時苦労して手に入れた自転車を、乗らないなら貸してくれと持っていってしまった」

「まあ、ではあの自転車は……」

宗次郎の所有物だったのだ。

「人力車はどうも性に合わない。自分で運転できる方が安心なんだ」

小夜子は屈託がない。

そしてそれを許して笑っている宗次郎の懐の深さのようなものを感じた。

「それで？　私をこんなところに呼び出して、この子と会わせてどうしようっていうんだよ、宗次郎」

小夜子は迷惑そうに尋ねる。

「初仕事だよ、小夜子」

宗次郎が小夜子を呼び捨てにするのを聞いてどきりとした。

「初仕事？」

小夜子は少し機嫌を直して聞き返した。

「麿緒に似合うドレスをデザインして作って欲しい」

「え？」

小夜子よりも麿緒の方が驚いた。

「ふーん。お気に入りのお姫様にドレスを贈ろうってわけ？　宗次郎もつまらない男になったね。ドレスは作りたいけどあまり気乗りしないね」

小夜子は宗次郎に対しても容赦ない。

「ほう。君のデザイナーになりたいっていう気持ちはその程度なのか。気に入らない顧客には作りたくないとでも言うつもりか？　君を買いかぶっていたようだ」

宗次郎ががっかりしたように言うと、小夜子は慌てて言い直した。

「べ、別に作りたくないと言っているわけじゃないよ。気にくわない相手でも、仕事は全力でするよ！」

女学館では先生すらも言い負かすような小夜子だったが、宗次郎が相手にするとただの十代の少女のように見える。

「ならば全力で頼む。一週間で仕上げてくれ」

「一週間？」

小夜子は青ざめた。

「無理なのか？」

再び宗次郎に問われ、小夜子はむっと言い返した。

「で、できるよ。すでにいくつかデザイン画は作ってあるんだ」

「だったら今すぐ作り始めてくれ」

「もう、そっちこそ人使いが荒いんだよ。じゃあここで採寸させてもらうよ」

小夜子は言うと、持っていた巾着袋の中から採寸道具を取り出した。

常に持ち歩いているらしい。

小夜子は巻き尺を持って、麿緒の前に来るとぺこりと頭を下げた。

「採寸致します。お嬢様」

急に職業婦人の顔になって慣れたように採寸を始めた。

いつも客を相手に採寸しているのか、てきぱきと麿緒の体に巻き尺を当てて紙に数字を書き込んでいる。

「あの……宗次郎様。ドレスというのはいったい……。どういうことですか？」

小夜子がドレスを作るとして、それを麿緒が贈られる理由が分からない。

「さっき話していただろう。洋食器の合同展示会が開かれる。君も一緒に行ってもらおうと思っている。その時に着るドレスだ」

「私が？　展示会に？」

「彼らは自分達の文化に強いプライドを持っている。彼らの文化を理解して歩み寄る姿勢を見せることで心を開いてくれることもあるだろう。特に男性商人ばかりの展示会に、ドレスを着こなす日本人女性が現れれば強い印象を残すことができる。しかも英語を話せて洋食器の知識もあれば鬼に金棒だ」

「それを私が……？」

磨緒は驚いた。

「この内気なお嬢様が、そんな大役を果たせるのかね」

小夜子は採寸しながら呆れ顔で言う。

磨緒には無理だと思っているようだった。

同級生の久子にも言われるままに言い返すこともできなかった磨緒が、外国人相手に商談などできるはずもないと思っているのだろう。

「彼女は洋食器に詳しい。英語も得意のようだぞ」

「この子が？　本当に？」

小夜子は訝《いぶか》しむように磨緒を見つめた。

女学校の英語の授業では、梅組でも目立たぬように流暢にならないように話している。

「はは。疑うならば小夜子も来るか？」

「な！　なんで私まで！」

小夜子は呆れたが、宗次郎は少し考えて「それがいいかもしれない」と肯いた。

「一人より二人の方が印象は大きくなる。しかも君のことも日本人初の女性デザイナーだと紹介できるぞ。うまくいけばどこかから仕事の依頼があるかもしれない。展示会には金持ちの商人や実業家が大勢来るのだから」

「……」

小夜子は宗次郎の言葉に考え込んだ。そして答えた。

「分かった。そういうことなら一緒に行ってもいいよ」

すっかり職業婦人としての未来を見据えている小夜子が眩しい。

自分の夢を叶えるために、女学校に通いながらこんな風に行動している女性がいるのだと、新しい世界を知ったような気がした。

「行くけど、私の足を引っ張らないでよね、麿緒お嬢様」

しかし、そんな彼女は麿緒には手厳しかった。

九、展示会の職業婦人

十日後、麿緒は宗次郎と喜代と共に陸蒸気《おかじょうき》に乗っていた。

陸蒸気とは、蒸気で陸を走る汽車のことで、新橋から横浜まで一時間ほどで走る。

展示会は横浜で開かれるため、陸蒸気で向かうことになったのだ。

「これが噂に聞いていた陸蒸気なのね」

「汽車のことを陸蒸気などといまだに呼んでいるのは華族のお嬢様ぐらいだろうな」

宗次郎は呆れたように笑う。

「君は古い時代に置き去りにされたまま縛り付けられていたようだ」

「世間知らずと笑いたいのですか？」

麿緒は少しむっとして尋ねた。

「はは。だがまあ、どこに行っても驚いてくれるので、連れて行く甲斐があるよ」

何か言い返したいのに、そんな風に優しい目で見つめられると何も言えなくなる。

新橋の駅は想像以上に広くて待合室や小さなお店なども並んでいて混雑していた。

切符を買って乗り込むと、ボーッという大きな音と共に黒煙を吐いて汽車が走り出す。

それら一つ一つが初めてのことばかりでわくわくした。

「あ、見て、喜代。あっちに鉄道馬車も走っているわ」

立ち上がって見た窓の外には、向こうの橋を並行して渡る鉄道馬車が見えていた。

「まあ、本当ですね、お嬢様」

喜代も少し立ち上がって窓の外を覗き見る。

だがあっという間に汽車が追いつき追い抜かしていく。

「あ、見て、喜代。こっちには海が見えるわ！　船がいるわ！」

すっかり童心にかえってはしゃぐ磨緒に宗次郎はくすくすと笑う。

宗次郎はいつもの変わった長衣の衣装とマント姿で慣れた様子で座っている。

「最初はずいぶん気位の高そうな女性だと思ったけれど、素が出てきたようだな」

磨緒ははっと我に返って、宗次郎の前の座席にすとんと腰を下ろした。

宗次郎と一緒にいると、目新しいものばかりでつい好奇心に負けてしまう。

「あの……小夜子様も一緒に行くのではなかったのですか？」

小夜子はこの間会ったあと、女学校をずっと休んでいた。

そういうことはよくあるようで、梅組の人は気にしていないようだった。

「小夜子様は自由な方だから」

という一言で、生徒も先生も納得しているらしい。

「小夜子は横浜のドレスショップに泊まり込んでドレスを仕上げているようだ」

宗次郎が小夜子と呼び捨てにすると、麿緒の心がなぜかちくりと痛む気がした。

麿緒だけが特別なのかと思ったが、宗次郎は誰にでも名前を呼び捨てにする人らしい。

(やっぱり若くして成功している人だから、遊び人なのだわ)

仕事はできて尊敬できる部分はたくさんあるけれど、やはり結婚相手ではない気がする。

(私にはもっと静かで堅実な人の方がいいのよ。小夜子様が言ったように、私ではとてもじゃないけど宗次郎様は扱いきれないわ)

宗次郎のすごさを知れば知るほど、そんな気持ちが強くなっていた。

けれど、そんな思いとは裏腹に宗次郎の言葉にどきりとしたり、一喜一憂してしまったりする自分がいるのも確かだった。

「少し早めに行って、ドレスに着替えてから展示会に一緒に行く予定だ。小夜子がどんなドレスを君に作ったのか楽しみだな」

宗次郎が微笑みかけると、自然に頰が赤く染まってしまう。

「ドレスなんて……大人になってから着たこともないのに似合うかしら……」

西洋館に住んでいながら、母が亡くなってから洋装にすらなったことがない。

子供の頃は母と一緒に洋装することもあったのに、父は女性がそういう流行り物を身につけることをひどく嫌う人だった。

どこまでも女性に古風さと慎ましさのみを求める人だったのだ。

「似合ってもらわなくては困る。私が選んだ女性なのだから」

宗次郎に選んだと言われて、磨緒は反発心と裏腹にまた赤くなる。

「小夜子様はどんなドレスをデザインなさったのかしら……」

何色かもどんな形かも知らない。

もしも意地悪な人だったら、とんでもないドレスで恥をかくことになるかもしれない。

小夜子はそんな人ではないと思うけれど。

ただ、磨緒がやっぱり気に入らないようなのは確かだ。

「小夜子にとっても自分を売り込む初仕事だからな。最善を尽くしているはずだ」

やがて汽車はあっという間に横浜に到着した。

横浜は船でイギリスに帰るアンを見送るために、母と幼い頃に来たことがある。

あの時は馬車で来たのだと思うが、よく覚えていない。

ただ外国人がたくさんいて、洋館が建ち並び、違う世界に来たように感じたことだけ覚えている。

「これが横浜……」

大きな駅舎から出ると、噴水のある公園があり、大きな洋館がどこまでも続いている。

たくさんの人が歩いていて、どちらかというと洋装の方が多い。

外国人もあちこちにいた。馬車も走っている。

「昔来た時よりもずいぶん栄えたみたいだわ」

久子などは月に一度ぐらい母親と横浜に出掛けていると言っていたし、他の生徒も年に一度ぐらいは行くと言っていた。

自分がいかに時代遅れだったのかを改めて思い知った気がした。

「いろいろ観光させてあげたいが、今日は仕事だ。まずはドレスショップに行ってみよう。ここから歩いてすぐだ」

そうだ。浮かれている場合ではない。

今日は麿緒が商談の成功の鍵を握っているのだ。

(気持ちを引き締めなくちゃね)

そして宗次郎が先頭に立って案内してくれた。

店はすぐに見つかり、瀟洒なガラス張りのドレスショップにはドレスを着たマネキンが飾られ、店の中には大きなシャンデリアが下がり、色とりどりのドレスが並んでいた。

「ああ、やっと来た。早くこっちに来て、麿緒。試着してもらうから」

店に着くなり奥から出てきた小夜子が、麿緒の手を引いて試着室に連れていく。

宗次郎といい小夜子といい、いきなり呼び捨てになるのでどきりとする。

これが商売をする人の距離の詰め方なのだろうかと戸惑いながらも、されるがままに着物を脱いでドレス用の下着に着替えさせられた。

そしてコルセットで腰を締め付けられる。

「く、苦しいですわ、小夜子様」

これは嫌がらせの一種なのだろうかと、麿緒は不安になっていた。

「我慢して。これが今の流行だから。バッスルスタイルって言うんだ。お尻を膨らませて腰を細く見せるんだ。ああ、思ったよりもお尻も胸も厚みがないね。詰め物で誤魔化そう」

なんだか失礼なことを言われているような気がする。

「幸子《さちこ》、ナンシー、手伝って」

店で働く人達も呼び寄せて、腰を絞られ、胸とお尻には綿《わた》をこれでもかと詰め込まれた。

店には日本人も外国人も、若い人も年配の人も大勢働いていて活気がある。

「ふうーっ。なんとか着付けられたね。良かった」

そうして小夜子が着せたドレスに磨緒は唖然としていた。

「これは……」

「なに？　私のデザインに文句でもあるの？」

「い、いえ、そういう訳では……」

答えたものの、これはやはり小夜子の嫌がらせではないかと磨緒は不安になっていた。

◇

ドレスショップから人力車を連ねて展示会場に着くと、すでに部屋の中は大勢の人々で賑わっていた。

広い部屋は幾つかに区画割りされていて、それぞれにテーブルを置いて洋食器が飾られている。多くの商人達がそれらの食器を眺めながら交渉をしているようだった。

ほとんどが男性で、たまに西洋人の女性が展示品を説明していたりする。

着物姿の女性もいたが、商家のやり手女将《おかみ》という雰囲気の人だった。

所狭しと賑わう室内だったが、宗次郎がドレス姿の麿緒と小夜子を引き連れて歩くと、驚いたようにみんな道を譲って通してくれた。

そして洋食器のことも忘れて、しばし呆然と三人を見送っている。

「やはり私なんかには派手過ぎたのではございませんか、小夜子様」

麿緒は不安になって小声で小夜子に囁《ささや》いた。

「私なんかってなに？　そういう言い方はやめたら？」

つい以前のくせで、動揺すると言ってしまう。

「ご、ごめんなさい……」

小夜子はすぐに謝る麿緒に、さらにため息をついた。

「こういう場では目立つのが大事なんだよ。宗次郎もそういうつもりで私に依頼したのだろう？」

宗次郎は少しだけ背後を振り向き、麿緒と小夜子を見て微笑んだ。

「ああ。さすがは小夜子だ。最高の演出をしてくれた」

いつもの変わった洋装とマント姿の宗次郎と、その後ろに並んで歩くのは黒のドレス姿の小夜子と真っ赤なドレス姿の麿緒だった。

しかもお互いのドレスには、肩からスカートの裾にかけて、斜めに薔薇を模したようなフリルがついていて、黒ドレスの小夜子は赤いフリル、赤ドレスの麿緒は黒のフリルになっている。二人が並ぶことで完成するようなドレスだった。

「周りの連中の顔を見てみろ。美しい二人のレディに釘付《くぎづ》けだ」

宗次郎は満足そうに言う。

「美しいというか、見世物のようになっているのではないですか？」

宗次郎と小夜子は黒だからまだいい。

真っ赤なドレスの麿緒は、一番目立っているはずだ。

「私は着物でだって、このように真っ赤なものは着たことがありませんわ」

麿緒が恨みがましく言うと、宗次郎は何食わぬ顔で答える。

「それは勿体《もったい》ないな。君は自分で思うよりもずっと赤が似合うぞ」

すぐに宗次郎はそんな軽口で誤魔化そうとする。

「そ、そういうことを言っているのではありませんわ」

そして乗せられてしまったように頰を染めてしまう自分が情けない。

「まあ、今日は君が主役だからな。お手並み拝見させてもらおう」

「うん。そうだね。麿緒がどこまで商人を惹《ひ》きつけられるか、私も楽しみだよ」

二人に言われて、麿緒はもう逃げ出したくなっていた。

しかも人ごみを抜けて奥に進むと、不安な麿緒に追い打ちをかけるような人物が目の前に立っていた。

「麿緒さん……？」

驚いたような顔で突然声をかけられた。

「え？」

そこには清太郎が立っていた。

「清太郎様……」

走馬灯のように最後に別れた日の清太郎の言葉が思い起こされる。

屋敷も爵位もない麿緒に何の価値があるのだと言い切った。

誰が一文無しの女なんかと結婚するか、と吐き捨てた。

あの日の暗く歪んだ清太郎の微笑が脳裏に浮かぶ。

あれから築き上げた自信のようなものが一気に崩れていくような気がした。

立ち竦《すく》む麿緒に気付いて、小夜子と宗次郎も立ち止まって振り向いている。

「あれからどうされているのかと思っていたら……まさかこんなところで会うとは……」

清太郎はあの時と同じ陰気で歪んだ微笑を麿緒に向けた。

こちらが本当の清太郎だったのかもしれないと麿緒は今さら気付いた。

「慎ましく従順なお嬢様かと思っていたが……、商人の集う展示会にそんな派手なドレスで来るとは。外国人の愛妾にでもなられたのですか？」

ふん、と鼻を鳴らして馬鹿にするように笑った。

「ま、まさか……。私は……」

けれど自分はいったい何者なのだろうか。

説明できるような肩書など磨緒には何もない。

男爵令嬢ではなくなり、宗次郎の家に仮住まいさせてもらっているだけの一人の女だ。

桂小路磨緒という名前しか持たない、ただの女性だった。

「あなたのおかげで僕はずいぶん恥をかきましたよ。おまけに婚約のために様々な出費がかさんだ。そんなドレスを買うお金があるなら、慰謝料でも払って欲しいものですよ」

「す、すみません……」

清太郎の前に出ると、いろんな制約に縛られていた頃の自分に戻ったような気がして、理不尽に思いながらも謝ることしかできなくなった。

「まあ、見る目がなかった僕にも責任はあるのでしょう。あなたのように言い返すこともしなさそうな女性なら楽だろうと、安易に決めてしまったことを後悔していますよ」

「楽だから……？」

清太郎は麿緒を一目で気に入ったと言っていたのに。

少なくとも麿緒のどこかを気に入って選んでくれたのだと思っていたのに。

「僕は自己主張の強い女性が大嫌いなのですよ。でもあなたなら何があっても黙って僕に従ってくれるのだろうと思っただけです。一目で気に入ったとは、そういう意味です」

「……」

清太郎は喜代の心配した通り、亡き父にそっくりな人だった。

麿緒は父のような人は嫌だと思いながら、父にそっくりな人と結婚するところだった。

こんな人に恋焦がれて、結婚を夢見ていた自分が情けなかった。

(本当に私は何も見えていなかった……)

麿緒は俯いたままぎゅっと拳を握りしめる。

(悔しい。悔しいけれど、何も言い返せない)

しかしその時、割って入るように宗次郎が麿緒の前に立った。

「私のパートナーに無礼な言い草はやめてもらおうかな」

「パートナー？」

清太郎は突然目の前に現れた変わった服装の男に目を見開いた。

「そう。彼女は私の大事な仕事のパートナーです」

「仕事？　はは。彼女が？　いったい何の仕事をしていると言うんだ。正直に愛妾を連れてきたと言えばどうですか？」

清太郎は宗次郎に下卑《げび》た笑いを向ける。

「あなたは……確か園城寺子爵のご子息でしたね。そういえば、園城寺様は最近本格的に貿易業に乗り出したとお聞きしましたが、洋食器も扱う予定でしたか」

突然仕事の話になって、清太郎は戸惑いを浮かべる。

「そうですが、それが何か？　僕は兄弟の中でも舶来品に目が利くので、商会を一つ任されている。君の方こそ誰だ？　妙な服装だが商人なのか？」

清太郎は怪しむように宗次郎の服装を上から下まで眺めた。

「私は時任商会を経営しています。ご存じありませんか？」

「時任商会……。では君が時任宗次郎……」

清太郎は宗次郎の名を知っていたようだ。

やはり商売の世界では有名な人らしい。

「ついでにお伝えしておきますと、あなたが欲しがっていた桂小路家の西洋館が、現在の私の住まいです」

「な！」

清太郎は驚いたように宗次郎を見つめ、続いて磨緒に視線を向けた。

「では、桂小路家の西洋館の債権者というのは……」

「ええ。私です。あなたには悪いが、私がもらい受けました。私が生きている限りは手放す予定はないので、ご了承ください」

「く……」

清太郎は悔しそうに宗次郎を睨みつけ負け惜しみのように言う。

「は！　誰があんなぼろ屋敷なんか……。そうか、それで彼女がいるのか。はは。つまり彼女も屋敷と一緒に買い取ったということか。要するに愛妾ではないか！」

磨緒は清太郎の言葉に俯いた。

しかし宗次郎はむっとして答える。

「愛妾ではない。彼女は妻にするつもりです。私の妻を侮辱することは許さない！」

磨緒は、はっと顔を上げ宗次郎を見る。

「しかも洋食器に事業を展開するつもりでいたなら、彼女を逃したのは大きな損失でしたね。あなたは宝の原石をみすみす手放してしまったのです」

「なんだと……」

清太郎は怪訝な表情をしてから、笑い出した。

「は、ははは。つまり彼女が宝の原石だと？　まあ君のような平民商人にとっては元男爵令嬢というだけでも宝なのかもしれないが、僕にとっては道端の石ころだ。彼女は黙って肯くだけの泥人形ですよ」

そんな風に思っていたのだと、磨緒は悲しかった。

「道端の石ころかどうか、肯くだけの泥人形かどうか、いずれ君は思い知るだろう。その時になって後悔しても遅い。もう彼女は私のものだ」

「ははは。結構ですよ。熨斗《のし》をつけて差し上げますよ」

清太郎は馬鹿にするように言ってから、磨緒に目を向けた。

「君も愛妾か妻か知らないが、まあ廓に行くよりは良かったじゃないか。だがまあ、華族令嬢が爵位のない相手と結婚することを落ちぶれ婚というのだったか。ああ、でも君も爵位を失くしたのだから釣り合い婚だったね。おめでとう。祝福するよ、磨緒さん」

「……」

何も言い返せない磨緒を置いて、清太郎は行ってしまった。

「なんだよ、あいつ。あれが園城寺の子息ってやつか。女学館のみんなは素敵だなんて騒いでいたが、嫌なやつだな。磨緒はあんなやつと婚約しようとしていたのか」

小夜子が立ち去る清太郎を目で追いながら肩をすくめた。

「あんなやつと結婚しなくて本当に良かったよ。磨緒はついているよ」

小夜子は慰めるように磨緒の背中をぽんと叩いた。

「気を取り直して仕事だよ、磨緒。商談をうまくまとめて、あんなやつ見返してやろう」

小夜子は息巻く。しかし宗次郎は渋い表情になっていた。

「つい腹立ち紛れに大きいことを言ってしまったが、実は今日の最大の敵は園城寺家だ。まさか彼が来るとは思わなかったが、エバン・リーンの商会と園城寺の会社は水面下で、すでに仮契約を交わしているという話だ」

「え？　そうなのですか？」

磨緒は青ざめた。

「外国商人は、地盤のはっきりしない日本商人との取引に慎重だ。だが爵位を持つ華族ならばそれだけで信用できると思っている。爵位のない商人が華族の実業家を出し抜いて取引するのは難しい。かなり手強い相手だ」

「えーっ」

小夜子が情けない声を上げた。

「それなのにあんな大見得を切ったの？　もう宗次郎って無茶苦茶だよね。あんなに強気で言い切るから、勝ち目があるのかと思っていたのに」

小夜子はずけずけと宗次郎を非難する。

「まあ、今までもこうやって大法螺《おおぼら》を吹いて実現させてきたんだ。今回も負けるつもりはない。もちろん勝ちに行くぞ！」

宗次郎はにんまりと磨緒に笑いかけた。

「頼りにしているぞ、我がパートナー殿」

その期待を重く感じるものの、一方で何者でもない磨緒を信頼してくれる宗次郎の気持ちが嬉しかった。

「いやあ、素晴らしい品揃えですね、エバン・リーン殿。ああ、このティーセットは特に素晴らしい。ふんだんに金を使った芸術的な作品ですね。いやあ、さすが目利きと言われるエバン・リーン殿です」

エバン・リーンの展示する区画に行くと、すでに大勢の商人が周りを取り囲み、口々にその展示品を褒めたたえていた。

ある程度洋食器の知識と財力のある商人は、エバン・リーンとの取引を目論《もくろ》んでいる。

テーブルの上に置かれた洋食器を褒めたたえて、なんとか彼に取り入れないものかと必死な様子が伝わってくる。

展示品の横に立つエバン・リーンは、白い髭《ひげ》を長く垂らした気難しそうな老人だった。山高帽を被り、フロックコートを着こなし、片眼鏡の鎖を垂らし、長いステッキを持っている。身に着けるものすべてに厳選された洗練さを持つ粋な西洋人だった。

だが片言の英語で褒めたたえる商人に、目もくれない。

もっぱら相手をしているのは、エバン・リーンの秘書らしき若い西洋男性二人だった。

秘書二人は日本語も堪能らしく、当たり障りのない会話で小さな商談をまとめている。

だが宗次郎が目指しているのは、一時的な取引ではなく、永続的なエバン・リーンとの取引だった。そしてそれを園城寺家も狙っている。

「やあ、エバン・リーン殿。先日はご足労頂きありがとうございました。大変有意義なお話ができて、嬉しく思っています」

群がる商人達を蹴散らしてエバン・リーンに直接話しかけたのは清太郎だった。

秘書二人も、清太郎だけは追い払うこともせずに黙認している。

清太郎の後ろには部下が一人ついていて、清太郎の言葉を通訳していた。

周りの商人達がその様子を見ながら、こそこそと話している。

「園城寺家の子息だ」

「やはり水面下で仮契約をしているという噂は本当だったのだな」

「はあ。実業家子爵様が相手では話にならないな」

「エバン・リーンとの取引は、やはり諦めるか」

数人は肩を落として別の商人と交渉しようと去って行った。

まだ諦めきれない数人が残っているが、秘書にあしらわれてエバン・リーンに辿《たど》り着けない。

「先日見せて頂いた白磁の洋食器も素晴らしかったですが、今日のティーセットも良い品ばかりですね。特にこの金彩の見事なティーセットは格別です。私の懇意にしている華族の方々にも、最近紅茶を嗜《たしな》む習慣を持たれる方が多く、良いティーセットはないかとよく尋ねられているのです。エバン・リーン殿が厳選された品だと言うと、それだけで飛ぶように売れますよ」

通訳が訳して話すと、エバン・リーンはちらりと金彩のティーセットに目をやった。

「あなたはこのティーセットが気に入りましたか？」

エバン・リーンが初めて言葉を発し、通訳の言葉を聞いた清太郎は目を輝かせた。

「はい！　これは素晴らしい！　一目で気に入りました！」

しかし、エバン・リーンは通訳の言葉を聞いてふうっとため息を漏らした。

「やはり日本人にはティーセットの価値など分からない……」

呟くように漏らした言葉を、通訳は訳すべきかどうか迷っていた。

英語が得意な磨緒は、幼少期にアンと過ごした影響もあって何を言っているのか分かった。そして海外に暮らしていた宗次郎ももちろん聞き取れたことだろう。

つかつかと歩いて、清太郎の横に並びエバン・リーンに話しかけた。

「はじめまして、エバン・リーン殿。私は時任商会の時任宗次郎と申します」

宗次郎は流暢な英語でエバン・リーンに挨拶をした。

秘書二人が慌てて宗次郎を追い払おうとするのを、エバン・リーンが手で止める。

「き、君は、失礼だろう。今、僕が話していたのだぞ！」

清太郎は突然乱入してきた宗次郎に怒鳴った。

だが宗次郎は落ち着いて告げる。

「話ならもう終わったようですよ。エバン・リーン殿はあなたと話すことはもうないようです」

「え？」

清太郎は目を丸くして、エバン・リーンの顔を窺う。

エバン・リーンは首を振り、秘書二人が清太郎を追い払うように遠ざけた。

「そんな……」

清太郎は追いすがろうとするが、大柄な秘書達に引き離された。

代わりに麿緒と小夜子が宗次郎の後ろに並んだ。

「ほう。粋なドレスを着こなすご婦人達だ」

エバン・リーンは麿緒と小夜子に目を移し、感心したように呟いた。

「彼女が日本人用にデザインしたドレスです」

宗次郎は小夜子を手で示し紹介する。

「ドレスデザイナーの柳沢小夜子でございます」

小夜子は動じることなく、英語で名乗った。

「ほう。このご婦人は英語が話せるのだな。しかもデザイナーとは興味深い」

エバン・リーンは物珍しそうに小夜子を見つめた。

「そしてこちらが我が時任商会の洋食器部門の担当者です」

宗次郎は麿緒を手で指し示した。

「はじめまして。桂小路麿緒でございます」

麿緒も緊張しながら英語で自己紹介する。

「ほう。こちらのお嬢さんの英語の発音は素晴らしい。しかも洋食器の担当者はご婦人なのですか？　それは珍しい」

エバン・リーンは興味を持ってくれたようだった。

「我が社は多くの舶来品を扱って参りましたが、洋食器の分野にも以前より興味を持っていました。日本の西洋化に伴い、広く販路を築きたいと思っていますが、粗悪な商品を多売するつもりはございません。納得できる商品しか売らないと決めております。そう考えますと、貴殿以外に取引する相手はいないと決めて参りました」

宗次郎の流れるような英語は、他の日本人商人達には分からなかったようだ。

何を話しているのだろうと、お互いに顔を見合わせている。

小夜子もさすがに聞き取れなかったらしいが、磨緒はなんとなく分かった。

清太郎は通訳から聞いて「図々《ずうずう》しい。何様のつもりだ」と呟いている。

「ふーむ……。なるほど……」

エバン・リーンは白い髭を撫でながら、じっと宗次郎を見つめた。

そして試すように尋ねた。

「では、あなたはこの展示品の中なら何を注文する？」

「はい。私の部下に尋ねてみましょう」

宗次郎は肯いて、磨緒を見つめた。

（私の出番だ。頑張らないと……）

磨緒はテーブルに置かれたティーセットの数々をじっと見つめた。

カタログに描かれていたティーセットがある。値打ちのある人気商品だ。

しかも比較的安価で、エバン・リーンが気に入っているセットだろう。

「私なら、このティーセットを一番多く買い付けます。それから……」

その奥にブルー&ホワイトのティーカップがある。ひっそりと置かれているけれど、これは確かカタログの中でも一番高価なヴィクトリア中期のティーカップのはずだ。

「このティーカップは非常に貴重なヴィンテージ品ではないかと思います。この中では一番価値が高い品ではないでしょうか」

磨緒は拙《つたな》いながらも英語で答えた。

「ほう……」

エバン・リーンは応とも否とも答えず髭を撫でて聞いている。そして尋ねた。

「では、このティーセットはどうかな？」

エバン・リーンは、さっき清太郎や商人達が褒めたたえていた金彩のティーセットを指差した。

金彩で縁取られた派手なティーセットは、磨緒のキャビネットから父が持ち出したものと同じシリーズのようだ。だがこれは……派手で豪華に見えるが、よく見ると雑な金彩の貼り付けやハンドペイントの粗《あら》が目立つ。

「あの……裏の刻印を見ても良いでしょうか？」

磨緒が英語で尋ねると、エバン・リーンは目を見開き「どうぞ」と肯いた。

磨緒は許可を得て、カップの裏を見る。

（やっぱりそうだ……）

「何か分かったのか？」

宗次郎に尋ねられ、磨緒は彼にだけ分かるように小声の日本語で答えた。

「窯元の刻印がありますが、シェイプの形が少し違います。しかも絵付けも雑過ぎるように思います。もしかして偽物ではないかと思うのですが……」

「偽物？」

「で、でも分かりません。もしも違ったらとても失礼なことですし……どうしましょう」

磨緒は不安になって尋ねた。

「大事なのは君がこの商品を欲しいと思うかどうかだ。君なら買うか？」

宗次郎に尋ねられ、磨緒は悩んだ挙句決心したように告げた。

「私なら……絶対に買いません」

「なるほど。君を信じるよ」

「え？」

宗次郎は言うが早いか、すぐに英語でエバン・リーンに伝えた。

「私の部下が、これは偽物ではないかと言っています」

ぴくりとエバン・リーンの眉が上がった。

そして通訳を介して聞いた清太郎がすぐに声を上げげた。

「偽物だと？　失礼じゃないか、君！　エバン・リーン殿の展示品を偽物だと言うのか！はっ！　これだから商品を見る目も持たないにわか商人が洋食器など扱うべきではないのだ！　彼の機嫌を損ねる前に出ていきたまえ！」

清太郎の言葉を聞いて、周りにいた商人達も顔を見合わせた。

「あの女は偽物だと言ったのか？」

「よくもそんな失礼なことを」

「時任商会のせいでエバン・リーンが今回の取引を見送ると言ったらどうしてくれるんだ」

「追い出せ！　あの女を！」

麿緒は商人達の野次を聞いて青ざめた。

「宗次郎様……」

思いつくままにとんでもないことを言ってしまったのだ。

「落ち着け。エバン・リーンに話したのは私だ。君は堂々としていろ」

「でも……」

大変なことを言ってしまったとがくがく震える磨緒だったが、突然高笑いが響いた。

「え？」

驚いて笑い声の主を見ると、それはエバン・リーンだった。

「ははは。いや、すまない。お見事だったよ、レディ」

「エバン・リーン様……」

きょとんとする磨緒にエバン・リーンは告げた。

「私も君達と同じく、粗悪品を売る商人と取引をしたくないと思っていたのだよ。商品を見極める目も持たない者と契約をして、知らぬ間に私の名を使って偽物を売りさばくような者と仕事をしたくない。それで悪いがわざと偽物を置かせてもらった」

「で、では……」

エバン・リーンは磨緒の問いかけに肯いた。

「ええ。確かにそれは似せて作られた偽物だ。金箔をふんだんに使い一番派手な色彩を使ったティーセットだから、みんな偽物とも気付かず褒めたたえていたな。私はほんのさっきまで、やはり日本人との取引はやめようと思っていたところだった」

磨緒はエバン・リーンが話した英語の半分ぐらいしか聞き取れなかった。

けれど振り向いた宗次郎の笑顔で、褒められたのだと分かった。

「さすがは我がパートナーだ。感謝するぞ、磨緒」

「宗次郎様……」

宗次郎に褒められて嬉しさが込み上がる。

商人達は訳が分からず、清太郎の部下が通訳する言葉に聞き入っていた。

そして磨緒が正しかったと知って、青ざめている。

中でも清太郎が一番ショックを受けて青ざめていた。

そして隣にいた小夜子も驚いた顔で磨緒を見て言った。

「へえー。謝ってばかりで何もできないお人形さんだと思っていたけど、宗次郎が選ぶだけのことはあるんだね。ちょっと見直したよ」

「小夜子様……」

それは磨緒が初めて自分の力で摑んだ成功だった。

十、待ち伏せ

「おはよう、麿緒」

週明けに梅組の教室に入ると、小夜子に声をかけられた。

「おはようございます。小夜子様」

今までまったく無視を決め込んでいた小夜子が、いきなり麿緒を呼び捨てにして親密になっていることに梅組のみんなは驚いて顔を見合わせた。

そして麿緒を遠巻きに見ていた人達は、急に態度を変えて麿緒に話しかけてきた。

「あの……本当は前からお友達になりたかったのですわ」

「仲良くして下さいませね、麿緒様」

「ところで小夜子様とはいつの間にそんなに仲良くおなりになったの？」

「小夜子様ってあまり誰にも気を許して下さらないのよ」

「どうやって打ち解けましたの？」

磨緒の周りにみんな集まってきて質問攻めにあった。

磨緒だってそこまで小夜子と仲良くなった訳ではないが、展示会のあとからは以前ほど冷たくなくなった。

（少しは認めて下さったのかしら）

そう思うと、自分が何者かになったような誇らしい気持ちになった。

あの後、エバン・リーンとは正式な契約を結ぶことがほぼ決まり、自宅の西洋館に招待することになったそうだ。彼の接待は磨緒に任された。

再びの大役に緊張するが、その契約が決まれば磨緒は正式に時任商会の職業婦人として認めてもらえることになった。

（私が仕事をするだなんて。私がお金を稼ぐだなんて。私が誰かの役に立つだなんて）

そんなことは父が生きていた頃は考えたこともなかった。

いつか華族の誰かと結婚して、慎ましい妻として夫に従って生きていくのだと思っていた。欲しいものがあれば気を遣いながら夫の許可を得てお金を出してもらい、家の一部始終を夫に伺いを立てながら暮らしていく。それが普通なのだと諦めていた。

けれど磨緒は自分で働き、自分で得たお金を自分の自由に使える未来を摑めるのだ。

宗次郎は、自分の役に立つ能力があれば、西洋館にそのまま喜代と暮らしてもいいと言っていた。

(宗次郎様の妻にならなくても生きていく道ができた)

それは最初に目指した目標だったはずだが、少しだけ寂しさを感じる。

(ううん。何を寂しがっているのよ。これで宗次郎様が他の誰かと結婚することになったって大丈夫なのだもの。家を追い出されずに済むのだもの)

けれど宗次郎が他の誰かと結婚すると考えると胸がちくりと痛む。

麿緒は、窓の外を眺めるパーマネントの茶色髪がよく似合う横顔をじっと見つめた。

「あの……、小夜子様は宗次郎様と結婚しようと思ったことはないのですか?」

「は?」

唐突に尋ねる麿緒に、小夜子は心底呆れたような顔になった。

「だって宗次郎様は爵位のある女性を結婚相手に探しているみたいですわ。小夜子様なら勲功での爵位をお持ちじゃないの」

そうだ。面倒な麿緒などに頼まず小夜子と結婚すればいいのだ。

「何それ? 宗次郎がそう言ってたの?」

「ええ。でも華族のご令嬢は落ちぶれ婚などと言って、誰も自分と結婚してくれないとおっしゃっていました」

「はん。そんな訳ないでしょ？　あの時任商会の創業者だよ？　どれほどの大金持ちか分かっている？　華族令嬢といっても、肩書ばかりでお金に困っている人も多いと聞くよ。宗次郎が頼めば断るご令嬢の方が少ないんじゃないの？」

「え？　そうなのですか？」

磨緒が驚くと小夜子はやれやれとため息をついた。

「洋食器のことでは少し見直したけど、やっぱり磨緒ってまだまだ世間知らずだよね」

「ご、ごめんなさい……」

「ほら、そうやってすぐ謝るし。もっと堂々としていた方が磨緒はかっこいいよ」

「私がかっこいい？」

「うん。エバン・リーンに英語で答えていた磨緒は、とても綺麗でかっこよかった」

「私が……」

「宗次郎の妻になるなら、その謝りぐせは直した方がいいよ」

「つ、妻だなんて、私は……」

「え？　妻にならないの？　もうすっかりまとまっているんだと思っていたけど」

「だって……小夜子様が私には扱いきれないって……」

小夜子は自分の言葉を思い出したのか、肩をすくめた。

「何？　私がそう言ったから諦めるの？　人に言われたらその通りになるの？」

「そ、そういう訳ではないけれど……宗次郎様は華族令嬢であれば誰でも良かったのでしょう？　私じゃなくてもいいのだから……」

小夜子はふうっと大きなため息をついた。

「つまり宗次郎の気持ち次第ってこと？　麿緒の気持ちはどうなの？」

「私の気持ち？」

「はあっ。本当に華族のお嬢様って世話がかかるね。自分のことなんだから、自分で決めればいいでしょ。それに、宗次郎は……」

小夜子は何かを言いかけて、思い直したように口を噤んだ。

「まあ、いいよ。宗次郎の気持ちはともかく、麿緒が自分で決めるんだね」

「私が決める……」

(私の気持ちってなんだろう。私は宗次郎様を好きなの？　結婚したいの？)

長年意思を奪われ続けていた麿緒には、自分の心の声が分からなくなっていた。

◇

エバン・リーンの接待をどうするか悩みつつ、忙しい日々が過ぎていた。

小夜子は世間知らずな麿緒に呆れながらも、少しずつ打ち解けるようになり、麿緒にとって初めての友達と呼べる相手になった。

「今度、自転車の乗り方を教えてあげるよ。麿緒も自転車を買ってもらえばいい。そうすれば一緒に学校帰りに遊びに行けるよ。自転車なら勧工場も浅草十二階もすぐ行ける」

「浅草十二階？　本当に？」

浅草十二階は展望台のある、八角形の高層建築物だった。

「私が案内してあげるよ。宗次郎に頼んでみたら？」

「宗次郎様に？　聞き入れてくれるかしら？」

「麿緒が可愛くねだれば、宗次郎は何でも聞いてくれるよ」

「まさか……。そんな訳ないわよ」

「試しに一度ねだってみなよ。宗次郎がどんな顔をするか見てみたいな。いつも澄ました宗次郎が真っ赤になって動揺するかもよ。やってみてよ、麿緒」

「もう。小夜子様ったら面白がっているでしょう」

そんなことを言いながら、少しずつ毎日が輝きを取り戻していくような気がしていた。

そんな女学校の帰りに、迎えの馬車に乗り込もうとしていると、黒い影が走った。

(黒猫？)

そういえば宗次郎と出会う前から、よく黒い影が走るのを見かけていた。

(もしかして、私と会うずっと前から黒猫は私のことを見張っていたの？)

「あの、ちょっと待っていて下さい」

麿緒は馬車の馭者に告げて、座席に風呂敷包みだけを置いて、黒い影が走った路地を探してみた。

「黒猫さん！　見えていたわよ。隠れてないで出てきて」

麿緒が呼びかけても、黒猫は現れない。

(どういうことかしら？　黒猫はどうして私を見張っているの？　宗次郎様に頼まれて？

それとも黒猫の意思で私を見張っているの？)

他にも聞いてみたいことがたくさんある。

けれど喜代や宗次郎の前では、自分が変な人のように思われるので聞くことができなかった。二人がいない今こそ問い詰めてみたい。

「黒猫さん。あなたは猫なのでしょう？　私にはあなたの耳と尻尾が見えているの」

さらに問いかけてみても、やっぱり黒猫は出てこない。

その代わりに、思いもかけない人物が磨緒の前に現れた。

「猫を探しているのかい？　磨緒さん」

はっと振り返ると、フランネルの洋装姿の清太郎が立っていた。

「清太郎様……」

嫌な人に会ってしまった。

少し前まで清太郎への想いが残っていた磨緒だったが、先日の展示会でそんなささやかな恋心もすっかり霧散してしまっていた。

素敵だと思っていた爽やかな笑顔も、今では暗く歪んだ嫌みな笑顔にしか見えない。

父のような横暴さと身勝手さを笑顔の裏に隠していると思うと寒気すら感じた。

「君にはつくづく驚かされたよ。まさか時任宗次郎に取り入っていたとはね」

「取り入るだなんて、私は……」

父や清太郎のような人間に会うと、急に磨緒は言葉が出なくなる。

身勝手な威圧感に気圧《けお》されてしまいそうになった。

「彼は君を妻にするようなことを言っていたが、まさか信じていないよね？」

「え？」

麿緒は清太郎を見上げた。

「彼のような成金商人は口が巧いからね。君のように世間知らずな女性は簡単に騙されてしまうようだ。彼にはすでに愛人が何人もいるんだよ。知らなかった？」

「まさか、そんな……」

「やっぱりね。そんなことだろうと思ったよ。彼のようなやり手の商人が、本気で君を愛しているのだと思った？　そんな訳ないでしょう？」

「……」

断定して言われると、その通りのように思えてしまう。

「君は彼に利用されているんだよ。君がまさかあんなに英語が上手に話せるとは知らなかった。しかも洋食器の知識も素晴らしいじゃないか。もっと早くに話してくれていれば、僕は婚約を解消なんてしなかったんだよ」

「え？」

麿緒は清太郎が何を言っているのか分からず聞き返した。

「君だって愛人だらけの成金商人と落ちぶれ婚なんてしたくないだろう？　僕はあれから後悔したんだよ。やっぱり君を忘れることなんてできなかった。もう一度君とやり直せないかと思っているんだよ」

「な、何を馬鹿なことを……」

麿緒に叩きつけたあれほどの暴言をなかったことにできると思っているのだ。

「僕は君があんな男と結婚して不幸になるのを見ていられないと気付いたんだ。僕とやり直そう。麿緒さん」

こんな呆れた口説き文句に騙されると思っている。

清太郎は麿緒を心底馬鹿にしているのだ。

世間知らずで甘い言葉を少し囁けば、簡単に自分のところになびいてくるのだと。

「あなたと……やり直すことなんてないわ……」

麿緒は絞り出すように答えた。

「なんだって？　僕の聞き間違いだよね、麿緒さん？」

途端に清太郎の口調が強くなる。

「誰にそんな口をきいているのかな？　君は黙って僕の言う通りにすればいい。そうだろう？　優しくしていれば、つけあがるんじゃないよ」

「……」

清太郎の暗く歪んだ裏の顔が現れた。

亡き父そっくりな、脅しと威嚇《いかく》と蔑《さげす》みに磨緒は怖くなる。

このまま過去の自分に戻ってしまうような恐怖。

やっぱり自分はこういう人から逃れられないのではないかという絶望。

「か、帰ります。馬車を待たせているので……」

辛《かろ》うじてそう言って逃げようと思った。けれど。

「！」

立ち去ろうとした磨緒の右手を清太郎が摑んだ。

「は、放して！　触らないで！」

「放して欲しければ僕の言う通りにすると答えろ！　君のせいで僕の人生は滅茶苦茶になったんだ。婚約解消で僕の経歴に泥を塗った上に、今度は仕事まで邪魔するつもりか！　エバン・リーンとの契約は園城寺家での僕の立場を挽回するためにも絶対必要なんだ！」

「し、知らないわ。そんなこと……」

「知らないで済ませられると思っているのか！　もしも君が僕に協力しないと言うなら、必ず報復してやる！　君を不幸に落としてやる！」

「な……」

清太郎はぞっとするような暗い微笑を浮かべ磨緒を見つめた。

清太郎のもう一方の手が、磨緒の頰をねっとりと撫でる。

磨緒は恐怖で動けなくなった。しかしその時。

「お嬢様、どうかなさいましたか？」

駅者があまりに遅い磨緒を探しにやってきた。

清太郎は慌てて磨緒の手を放した。そして囁くように告げる。

「覚えておけ。絶対お前に復讐《ふくしゅう》してやる」

清太郎は恐ろしい捨て台詞を吐いて、磨緒の手を放すと踵《きびす》を返して行ってしまった。

その様子を路地の陰から片目を出して見ている黒猫には、誰も気付いていなかった。

◇

「今日は磨緒が遅いな。もう女学館からは帰ってきたのだろう？」

宗次郎は執務室の窓から外を覗いてみる。

馬車はすでに戻っていて、駅者は馬の世話をしている。

いつもは帰るとすぐに執務室にやってきて洋食器のカタログと冊子を見比べて、細かくまとめている。展示会が終わってから、一層熱心に仕事をするようになった。

執務机からそんな麿緒の様子を垣間見るのが、宗次郎の息抜きになっていた。

本当は仕事場からいちいち家に戻らず、そのまま夜の接待に流れた方が楽なのだが、麿緒を見るためだけにわざわざ戻ってきていた。

「何かあったんだろうか？」

宗次郎は足元に座っている黒猫に尋ねた。

「帰り道は何もなかったのだろう？」

麿緒の女学館からの行き帰りに、密《ひそ》かに黒猫を護衛につけていた。

岩重の債権者達が、まだ麿緒を付け狙っているかもしれない。それが心配なのもあるが、実はこの家に入るずっと以前から、時々黒猫に見張らせていた。

麿緒は知らないだろうが。

「それにしても園城寺清太郎とは、思った以上に嫌なやつだった。麿緒が婚約すると聞いた時は、間に合わなかったと諦めかけたが……」

麿緒のことは子供の頃から知っている。

貧しい家の口減らしのために商家に奉公に出されていた宗次郎は、主人の使いで桂小路家の周辺の道を毎日のように何往復もしていた。

そしてこの緑屋根の西洋館の前を通るたびに、足を止めて見上げていた。

こんなお城のような家に暮らす人はどんな人なのだろうかと。

自分とは別世界の幸福の象徴だった。

時には賑やかに大勢の人を呼んで園遊会を開いていることもあった。

金色の髪をした外国人や、ドレス姿の女性が集う夢のお城だったのだ。

あれは宗次郎が十代半ばの頃だったか。

奉公していた商家の跡取り息子は、年の近い宗次郎をいたぶるのを生き甲斐にしているような嫌なやつで、その日もつまらぬいいがかりをつけられ、いきなり顔を殴りつけられてむしゃくしゃしていた。

こんな奉公、もうやめてやると商家を飛び出したものの、行く当てもなく西洋館の前でいつものように立ち止まって緑屋根を見上げていた。

一生懸命奉公すれば、役に立つ人間になれば、きっといつかこんな立派な家に暮らせると思っていた。けれど現実は、こき使われるだけの惨めな奉公人だ。どんなに努力しても、いいように使われるだけで、何も変わらない。

跡取り息子に殴られた頬をおさえ、自分の薄汚れたお仕着せを見つめ絶望していた。

そんな時だった。

転がる鞠《まり》を追いかけて西洋館の中庭の方から駆けてくる晴れ着姿の少女を見かけたのは。

少女は転がってきた鞠を拾い上げて、門の外に立っている宗次郎に気付いた。

怪しい男が門前に立っていると悲鳴でもあげられるのではと焦った宗次郎だったが……。

「怪我をなさっているの？」

少女は物怖じもせず、門の向こうから宗次郎の赤く腫れた頬を見て心配そうに尋ねた。

「べ、別に……これぐらいいつものことだから……」

自分を心配してくれる人など久しぶりで、くすぐったいような気持ちで強がってみた。

「まあ。いつもそんなお怪我をなさっているの？」

「いや……まあ……」

頬を隠してごまかそうとする宗次郎に、少女は突然信じられないことを言った。

「そうだわ。お怪我のお兄様、アフタヌーン・ティーを一緒にいかが？」

「え？」

宗次郎は訳の分からない言葉に驚いた。

「アフタヌーン・ティー？」

少女は肯いた。

「麿緒もね、お庭で転んでお怪我をしたことがあるの。痛くてずっと泣いていたら、お母様がアフタヌーン・ティーに誘ってくださったのよ。すると痛いのが飛んでいってしまったの。不思議でしょう？　アフタヌーン・ティーは幸せになる魔法の言葉なのよ」

「……」

宗次郎は、別世界を生きているような麿緒という少女の言葉に唖然とした。

そんな言葉で怪我の痛みが本当に飛んでいってしまうと信じているらしい。

「ね。だから、アフタヌーン・ティーを一緒にいかが？　泣き虫のお兄様」

「な、泣いてなんかいないよ！」

宗次郎は幼い少女にむきになって言い返した。

「でも……とても悲しんでいるように見えたから……」

「……」

宗次郎はこんな小さな少女に本心を見抜かれたような気がしてどきりとした。

「すぐに美味しいお茶とお菓子を用意するわ。お母様が用意してくださるお菓子はとても美味しいのよ。きっと元気になるわ」

その言葉を聞いて、アフタヌーン・ティーというお茶会のようなものに誘ってくれていたのだと、宗次郎はようやく理解した。

「待っていて。お母様を呼んで門を開けてもらうから」

踵を返して庭に戻ろうとする少女を、宗次郎は慌てて呼び止めた。

「い、いや、いいよ。そんなことをしたらきっと怒られるから」

無邪気な少女は知らないだろうが、宗次郎は華族令嬢と商家の奉公人という厳然とした身分差を痛いほど知っている。

「お母様は怪我をしている人に怒ったりしないわ。大丈夫よ」

屈託なく言う少女が眩しかった。

生まれながらに大事に守られたお嬢様。自分とは別世界のお姫様だ。

この世に身分という差別があることも知らないのだろう。

「いや、本当にいいんだ。こんな汚れた服では奥様に失礼だから」

「お母様はそんなこと気になさらないわ」

まだ熱心にお茶に誘ってくれる少女に、宗次郎は仕方なく答えた。

「じゃあ、今度。もっときちんとした身なりで来るから、その時に御馳走《ごちそう》になるよ」

その場しのぎに、できもしない約束を口にした。

今の自分にきちんとした身なりなどできるはずもない。

その今度はきっと永遠に来ないと分かっているのに。

しかし少女は宗次郎の言葉を信じた。

「分かったわ。では今度いらっしゃった時のために魔法の返事を教えるわね」

「魔法の返事？」

「そうよ。アフタヌーン・ティーに誘われた時はこう言うのよ」

少女は少し畏まって、澄まし顔で続けた。

「『喜んで。レディ、磨緒』。このレディのところは誘った相手につける枕詞なの。お母様は可愛い磨緒ちゃんとか、愛《いと》しいフェアリーとか言ってくださるの。素敵でしょう？」

「え？　そんな恥ずかしいことを言わないとだめなのか？」

十代半ばの宗次郎には照れ臭すぎる文言だ。

「なんでもいいのよ。自分の一番正直な気持ちを枕詞にすればいいの」

「わ、分かったよ。じゃあ今度来る時までに考えておくから」

どうせ来ることもないだろうと、適当に答えた。

しかし少女は嬉しそうに目を輝かせる。

「ええ。待っているわ。きっと来てくださいませね」

「うん、きっと」

そんなできもしない約束をして別れた。

しかしその翌日、不思議なことが起こった。

奉公先の商家に出入りする外国商人が、機転のきく宗次郎を気に入って付き人に欲しいと言ってきたのだ。

まさに麿緒の魔法の言葉が、宗次郎に幸せへの切符をもたらしてくれたような気がした。

そうして新たな主人の帰国にも付き従い、そのまま日本に帰って来なかった。

主人の住むイギリスで語学を身に付け、商売というものを肌で覚えた。

何度も挫折を繰り返し、何度も煮え湯を飲まされ、死にたいと思ったことも何度もあった。けれどそんな時、心の支えになったのがこの西洋館であり麿緒の存在だった。

いつかあの約束を果たそうと、不屈の精神で立ち上がってきた。

そして今の宗次郎がある。

ようやくこの西洋館にふさわしい身なりをできるようになって、宗次郎は帰国すると何度も麿緒に声をかけようと思った。

けれどあの物怖じしない幸せの象徴のような少女は、ずいぶん変わってしまっていた。

いつも沈んだ表情で、女学校の行き帰りの人力車に青白い顔色で乗っている。

心を閉ざしたような麿緒は、気軽に話しかけられる雰囲気ではなかった。

彼女に何があったのだろうかと、気になって黒猫に身辺を探らせ調べていた。

そうしてかつての憧れの桂小路家が破滅に向かっていることを知ったのだ。

だから、昔、自分が磨緒に救われたように今度は宗次郎が救おうと思った。今の自分なら磨緒を幸せにできるのだと、救世主気どりで現れたつもりだった。

けれどあらゆる物を力ずくで手に入れてきた宗次郎が、磨緒だけはそうはいかなかった。力ずくで手に入れたところで、磨緒が幸せそうに笑っていなければ意味がない。

磨緒が幸福でなければ、それは絵に描いた餅でしかないのだ。

「磨緒はまだあんな男に未練があるのだろうか……」

呟く宗次郎に黒猫はぴくりと耳を立てた。

「磨緒、会っていたであります」

「ん？　磨緒が誰と会っていたって？」

宗次郎は黒猫に尋ねた。

「磨緒、清太郎と会っていたであります」

「え？」

宗次郎は眉間にしわを寄せて聞き返した。

「仲良くしていたであります。手を握って見つめ合っていたであります」

「な！　まさか……」

宗次郎は唖然とする。

「本当。黒猫見た。二人は仲良しであります」

「じゃあ、麿緒は今でもまだ清太郎のことが……」

宗次郎はぎゅっと拳を握りしめた。

「くそ……。やっぱり華族がいいのか……。俺ではだめなのか……」

絶望が宗次郎の心を満たしていく。

宗次郎は衝動的に部屋を飛び出していた。

そして一人、部屋に取り残された黒猫は呟いた。

「麿緒、黒猫の正体知っている。主のそば、いてはいけない……」

しかしすぐに後悔するように両手で猫耳を押さえた。

「黒猫、悪くない。嘘ついてない……」

そうして宗次郎の執務机の横でしょんぼりと丸くなってうずくまり、にゃあと鳴いた。


麿緒はベッドに突っ伏して泣いていた。

喜代が一度心配して声をかけにきたが、しばらく一人にしておいて欲しいと頼んだ。

父が亡くなってから、どういうわけか涙が出なかったのに。

あまりに毎日が目まぐるしく、考えなければならないことが多すぎて自分の気持ちが置き去りになっていた。いや、実際には母が亡くなってからずっと、磨緒は自分の気持ちを表現することができなくなっていた。

　威圧的に命じてばかりの父がそれに追い打ちをかけて、自分の気持ちを押し殺すことが当たり前になった。

　でも宗次郎と過ごすようになってから、少しずつ縛られていたものが緩まり、自分の意見を言えるようになってきた。そうしてようやく自分の気持ちが見えるようになった。

　そして最初に気付いた自分の気持ちは、失恋の痛みだった。

　清太郎に暴言を吐かれたことが悲しいわけではない。

　復讐してやると脅されたことが恐ろしいのでもない。

　磨緒の心を一番傷つけたのは、宗次郎が本気で愛してなどいないと言われたことだった。

　愛人もいっぱいいて磨緒のことなど本気で相手にするわけがないと嗤《わら》われたことだ。

　皮肉にも清太郎の言葉で、磨緒は自分が宗次郎を好きなのだと気付いてしまった。

　でもはっきり言われてみると、清太郎の言う通りだった。

（宗次郎様は妻になるだけで愛さなくていいともおっしゃっていたものね）

　それでも磨緒に固執する宗次郎に期待してしまっていた。

　小夜子の話では、華族の令嬢と結婚したければ宗次郎にはいくらでも相手がいるようだった。それなのに、もう爵位もない麿緒を妻にする必要なんてどこにもない。

だから心のどこかで、宗次郎は本当に自分を好きでいてくれるのではないかと思い始めていた。そうであって欲しいと。

(やっぱり私は甘いのね)

父の死で現実の残酷さを身に染みて分かったつもりだったのに、まだ心のどこかで麿緒自身を認めて愛してくれる人がいるのではないかと期待していたのだ。

(宗次郎様は優しい方だから、憐れんで下さったのだわ)

宗次郎と暮らしてみて分かった。

彼は黒猫にしろシェフにしろカタログの絵描きにしろ、放っておけなかったのだ。

小夜子だって宗次郎の力添えがなければ夢を叶えるのもずいぶん難しかったに違いない。

宗次郎はどんな相手にだって、自分にできることがあれば最善の手を差し伸べてくれる。

宗次郎に助けられた人達は、そうやって自分の進む道を見つけることができた。

麿緒にも同じように手を差し伸べようとしてくれたのだ。

けれど麿緒には華族令嬢の肩書しかなかった。

なにもない空っぽの麿緒にどんな手を差し伸べるべきか困ったことだろう。

それでも買い取った西洋館に残っていた気の毒な娘を見捨てることができなかったのだ。

（だからって妻になんて……どこまで人が好《い》いのかしら）

宗次郎の優しさを理解するほどに、なぜか涙が溢《あふ》れる。

小夜子のように自分の意見をはっきり言えて、いきいきと夢を語るような女性なら宗次郎は本気で愛したのだろうか。

（このまま何も気付かないふりをして宗次郎様の妻になれば……いつか本当に愛して下さるだろうか……）

宗次郎の役に立つ人間になれるよう頑張るから、だめだろうか。

僅かな希望を探ってみる。

（でもそれでは宗次郎様の優しさに付け込んで騙すことになってしまうわ）

そんな風に思えた。

（じゃあ私はどうすればいいの……。自分から身を引くの？）

それも苦しい。考えるほどに分からなくなる。

その時、部屋のドアが大きくノックされた。

「麿緒！　話がある！　入るぞ！」

（宗次郎様？）

麿緒は驚いて涙を拭って立ち上がった。

宗次郎は珍しく不機嫌な顔で部屋に入ってきた。

「こ、こちらには入って来ないで下さいと言っていましたのに……」

まだ心の中が混乱していて、何もまとまっていない今、宗次郎と話したくなかった。

しかし宗次郎は磨緒の言葉を無視して眉間を寄せた。

「……泣いていたのか……」

磨緒ははっとして顔を隠すように俯いた。

涙は拭ったつもりだったが、目元が腫れていたのだろう。

「何がそんなに悲しい」

「それは……」

あなたが私を愛していないからです、とは言えるはずもなかった。

「何が不満なんだ！」

宗次郎は何も答えない磨緒に、少しいら立ったように言う。

宗次郎が磨緒に対してこんなに強い言い方をしたのは初めてだった。

「不満だなんて……私は……」

強く言われると、磨緒は言葉が出なくなる。俯いて黙り込んでしまった。

そんな磨緒を見て宗次郎は小さくため息をついて呟いた。

「やっぱり俺ではだめなのか……」

「え?」

磨緒はどういう意味か分からず宗次郎を見上げた。

そんな磨緒の頬に宗次郎が手を伸ばす。そして気遣うようにそっと触れた。

どきりと磨緒の鼓動が跳ねる。

切ないような宗次郎の瞳がすぐ目の前にあった。

そうして硝子細工に触るようにそっと磨緒の涙のあとを拭うと、その手をぎゅっと握りしめて一歩離れた。

「宗次郎様……」

宗次郎は深呼吸を一つすると、磨緒に告げた。

「今度のエバン・リーンとの契約がうまくいけば、もう君は自由だ。洋食器事業の責任者として充分な報酬は払うつもりだ。このままここで暮らしてもいいし、他に行きたければ出ていってもいい」

「出ていく?」

磨緒は驚いて尋ねた。

そして宗次郎は信じられないことを言った。

「君が他の誰かと結婚したいなら、それも君の自由だということだ」

磨緒はそれが宗次郎の望む答えなのだと、呆然と聞いていた。

十一、元婚約者の復讐

「あの……お嬢様。時任様と何かあったのでございますか？」

中庭のベンチでぼんやりと座っている磨緒に、喜代は心配そうに尋ねた。

あれから三日が過ぎていたが、宗次郎も磨緒も普段通り過ごしていた。

朝食も宗次郎と一緒に食べているし、エバン・リーンの接待のために打合せもしている。

宗次郎はまるで何もなかったようにいつも通りだ。

あの日は珍しく磨緒に不機嫌な顔を見せたり強く言ったり、普段の宗次郎らしからぬ様子だった。けれどその後は時々軽口を叩いたり磨緒をちょっとからかったりして、元の宗次郎に戻っていた。以前と何も変わらない。

変わらないけれど、どこか以前とは違うのだと磨緒は感じていた。

以前より優しいぐらいなのに、どこかよそよそしくて他人行儀だった。

それがたまらなく淋しい。

「やっぱり……いずれこの家を出ていかないとだめみたいなの、喜代」

「え？　でもお嬢様は時任様と結婚されるのでは……」

喜代は驚いて尋ねた。

「どうも無理みたいなの。ふふ。ごめんね、喜代。あなたもここで暮らしたかったでしょうけれど……私じゃだめみたいなの……」

言った途端にほろりと涙がこぼれた。

あれほどどこかに行ってしまっていた感情が、先日からすっかり磨緒の元に戻ってきたようで、宗次郎の言葉を思い出すたびに涙が溢れてしまう。

宗次郎の前では思い出さないように気持ちを引き締めているが、一人になるといろんな感情が押し寄せてきて、どうにも制御できなくなっていた。

「お嬢様……。時任様に何か言われたのですね」

喜代はそんな磨緒をそっと抱き締めてくれる。

「喜代はお嬢様と一緒にどこにでも行きますよ。私のことは気になさらないで下さい」

「喜代……ありがとう」

そんな磨緒をじっと見つめる視線にさっきから気付いていた。

八角形に庭に張り出したドローイングルームの陰から片目を出して覗いている。

「ふふ……。あなたとも近いうちにお別れね、黒猫さん」

麿緒は着物の袂《たもと》に入れていた小さな鞠を取り出した。

黒猫と外で会ったらあげようと思って持ち歩いていた。

「黒猫さんはいつもお嬢様のことを覗いていらっしゃいますね」

喜代は黒猫のことを猫だとは思っていないが、年齢より幼い男の子のように思っている
らしい。麿緒が幼い頃使っていた鞠を物置から持ってきてくれたのは喜代だった。

その鞠をぽーんと上に上げると、黒猫の片目がまん丸になってこちらを見ている。

「こっちにいらっしゃい、黒猫さん。この鞠はあなたへのお別れの品よ」

麿緒がコロコロと芝生に鞠を転がすと、黒猫は我慢しきれないように駆けだしてきた。

そして鞠に飛び掛かると両手で持って、手の中で不思議そうに転がしている。

色とりどりの刺繍が珍しいのか、耳がぴんと立って右に左に向きを変えていた。

「ふふ。気に入った？」

麿緒が微笑みながら言うと、黒猫が不思議そうに目をビー玉のようにして首を傾げる。

「麿緒。黒猫のこと嫌い」

「え？　どうして？　嫌いなんかじゃないわ。大好きよ」

麿緒は驚いて答えた。

「磨緒。黒猫のこと追いかける。追い出そうとしているあります」

「まあ。そんな風に思っていたの？　追い出そうなんて思っていないわ。ただそのふわふわの耳に触ってみたかったの。触っちゃだめかしら」

「……」

黒猫はビー玉のような目を大きくして磨緒を見つめた。

そうしてそっと頭を下げて、磨緒の前に耳を差し出してくれた。

磨緒は手を伸ばし、その猫耳にそうっと触れてみる。

そこには確かな感触があった。

ふわふわして人肌ぐらいに温かい可愛い猫耳が撫でられるままになっている。

喜代には黒猫の髪を撫でているように見えているらしい。微笑ましい表情をしている。

黒猫も気持ちよさそうに目を閉じていた。

きっと誰にも見えていないこの耳を、撫でられることなんて今までなかったのだろう。

「追いかけてしまってごめんなさいね。怖がらせてしまったのね」

磨緒は耳を撫でながら黒猫に謝った。

「あなたは人に憑《つ》いた付喪神のようなものなのかしら。でもあなたが何者であってもいいのよ。宗次郎様を大事に思っているのは見ていれば分かるもの」

黒猫はぴくりと耳を立てて麿緒の顔をじっと見つめた。

「私がいなくなっても宗次郎様を守ってあげてね」

黒猫は驚いたように目をまん丸にする。

「麿緒、いなくなる？　黒猫のせい？」

「ふふ。どうしてそう思うの？　黒猫さんのせいじゃないわ。心配しないで」

しかし黒猫は両手で猫耳を押さえてうずくまってしまった。

「え？　なあに、そのポーズ。どういう意味？」

麿緒が尋ねても、黒猫は猫耳を押さえたまま首を振るばかりだった。

「よく分からないけれど可愛い。ふふふ」

そんなのどかな時間が、突然大勢の人の声で中断された。

門の方から叫ぶような声が聞こえている。

「早くしろ！」「急いで医師を！」という声が聞こえた。

じいの声だ。使用人の叫び声のようなものも聞こえる。

「何かあったの？」

麿緒が言うよりも早く、黒猫が一目散に駆けて行った。

麿緒と喜代もそれを追うように玄関に向かう。

玄関の前には宗次郎が乗っていた馬車が停まっていた。

駅者が青ざめた顔で突っ立っている。その手が真っ赤に染まっていた。そして。

玄関の前にうずくまるようにしている宗次郎の姿が見えた。

じいや使用人達が止血をして介抱している。

「宗次郎様っ!!」

麿緒は蒼白になって駆け寄った。

いつも着ている黒いマントが切り裂かれ、そこからどくどくと血が流れている。

「宗次郎様っ！　どうしてっ！　嫌だ！　嘘でしょう……」

腕にしがみつく麿緒に気付いたのか、宗次郎が少しだけ顔を上げた。

「麿緒……」

そうして安心させるように微笑んだ。

「大丈夫……俺は……大丈夫だから……」

「宗次郎様……」

しかし血の気を失ったようにふらりと倒れこんだ。

「いやあああっ！　宗次郎様を助けて！　誰か、お願い！」

麿緒の叫び声と共に、宗次郎は気を失っていた。

◇

宗次郎は表の二階にある自分の寝室で、うなされながら眠っていた。

あの後、使用人達がみんなで宗次郎を部屋に運び込み、急ぎ連れてきた医師に手当をしてもらった。

宗次郎がいつも着ている厚地のマントと上衣のおかげで、思ったよりも傷口は浅かったようだ。消毒とできる限りの処置をして医師は帰っていった。

だがショックを起こしたり高熱が下がらなかったりすると命の危険もあると言われた。

そばについてよく看《み》ているようにと言われ、今は麿緒が付き添っている。

ベッドの横の床には黒猫も心配そうに座っていた。

「宗次郎様……」

眠りながらも痛みがあるのか、時々苦しそうにしている。

「ごめんなさい、宗次郎様」

目撃した馭者の話では、宗次郎を刺したのは清太郎だったようだ。

馬車に乗り込もうとしていた宗次郎の背後から、突然襲い掛かったそうだ。

復讐してやるという捨て台詞を吐いていたけれど、まさか本当に人を刺したりするとは思わなかった。しかも麿緒ではなく、宗次郎を……。

「私のせいだわ……」

さっきは宗次郎が死んでしまったのかと思ってすっかり動転してしまった。

宗次郎が死んでしまったらと思うと、怖くてたまらなかった。

それは父が亡くなった時よりも、清太郎に振られた時よりも恐ろしい絶望だった。

(私の心の中は、いつの間にかこんなに宗次郎様が占めていたのね)

今さら気付いた。

小夜子が言っていた。

宗次郎の気持ちよりも、麿緒の気持ちはどうなのかと。

どうせ叶わぬ気持ちなど、封印してなかったものにしてしまえばいいと思っていた。

父と暮らす日々では、麿緒の意思や感情は邪魔なものでしかなかった。

言っても言わなくても後悔するだけだ。

何かやってみたいことがあっても、父に言うと「華族の令嬢はそんなことをしなくていい」と手ひどく怒られた。

かといって言わないで我慢すると、その感情がいつまでも心の中でくすぶり続ける。

最初から意思も感情もなければ苦しまずに済む。

だから自分の気持ちを無視することにした。気付かないことにしてきた。

そんな長い年月の中で、いつしか自分が何を感じているのかも分からなくなっていた。

けれど宗次郎と出会ってから、少しずつ心の内を言えるようになった。

宗次郎に言ってみて後悔したことなんてない。

宗次郎は麿緒のどんな言葉もきちんと受け止めてくれた。

時には厳しい言葉も返されたが、言わなければ良かったと思うことはなかった。

「目を覚まして、宗次郎様。あなたに言いそびれていたことがあるの」

麿緒はベッドのそばに座って、まだ眠る宗次郎に告げた。

「あなたが私のことなんてなんとも思っていなくても、聞いて欲しいの」

宗次郎が目覚めたら、ちゃんと言ってみよう。

自分の正直な気持ちを。だからどうか目を覚まして。

そんな麿緒に、今まで床にうずくまっていた黒猫が言う。

「主、麿緒のこと大事。ずっとずっと前から」

「え？」

麿緒は驚いて黒猫を見た。

「ずっとずっと前って？　私のことを最近知ったのでしょう？」

黒猫はぶるぶると首を振る。

「いつもこの家、見ていた。黒猫、初めて会った頃からずっと」

「え？　あなたと初めて会ったのは五年も前のことじゃないの？」

「そう。五年。それぐらい」

黒猫は肯いた。

「そんな前からこの西洋館を欲しいと思っていたの？」

「西洋館欲しい。でも麿緒、もっと欲しい」

「え？　私？」

黒猫はこくこくと肯いた。

「主、一番欲しかったの、麿緒」

「まさか……」

麿緒はうなされながら眠る宗次郎を見つめた。

「嘘……でしょう？　この家よりも私が欲しかったっていうの？」

「黒猫、嘘つかない」

黒猫はそう言ってから、少し考えて両耳を手で押さえた。

「ちょっとだけ……嘘つくあります」

「え？　嘘なの？　どっちなの？」

麿緒は訳が分からず尋ねる。

「じゃあどうして宗次郎様はあんなことを言ったの？　出ていっていいなんて。他の人と結婚していいなんて……」

黒猫はびくりとして、さらに両耳を強く押さえてうずくまってしまった。

「黒猫知らない。何も知らない。本当」

明らかに様子が変だ。

「何か知っているの？」

「知らない。黒猫、嘘つかない。……ちょっとだけ、嘘つく」

「いったいどっちなの？」

さっぱり要領を得ない黒猫を問い詰めていた麿緒だったが、ふいに声をかけられた。

「麿緒……」

見るとベッドの中で宗次郎が目を覚ましていた。

痛みがあるのか苦しそうだが、意識が戻っている。

「宗次郎様！　目が覚めたのですか？」

麿緒が言うと、うずくまっていた黒猫も目を丸くして宗次郎のそばにやってきた。

「良かった。良かったあ……」

ほっとして涙ぐむ麿緒に、宗次郎がそっと手を伸ばした。

麿緒はその手を両手で握りしめて愛おしむように頬に添える。

宗次郎は苦しい息の中でふっと笑った。

「君にしては……ずいぶん……積極的だな。怪我をするのも……悪くない」

「こ、こんな時にまで……そんな冗談をおっしゃって……」

麿緒は真っ赤になって目を伏せた。

「何があったんだ？　誰かに刺されたことは分かっているが……」

宗次郎はまだ現状を知らなかった。

麿緒は申し訳なさに俯いた。

「馭者の話では、清太郎様が……刺したようです……」

「園城寺清太郎？　エバン・リーンの契約を横取りされたからか？」

宗次郎は驚いたように尋ねた。

「ごめんなさい、宗次郎様。私のせいなのです」

「君のせい？」

「先日、女学校の帰りに清太郎様が待ち伏せていたのです」

「ああ……」

宗次郎は知っていたかのように肯いた。

「その時に、私は清太郎様に復讐してやると脅されました。そのことを宗次郎様にちゃんとお伝えしていれば、こんなことには……」

「え？」

宗次郎は驚いたように目を見開いた。

「脅された？　園城寺清太郎に？」

「はい。婚約披露の園遊会で恥をかいた上、エバン・リーン様との契約まで……。挽回できなければ困るのだと、すべて私のせいだと言われて……」

宗次郎は怪訝な顔で尋ねた。

「君は……まだ清太郎に未練があったのではないのか？　手を握って仲睦《なかむつ》まじくしていたのだと黒猫が……」

「ま、まさか！　清太郎様に未練などありません。手を握っていたというより、無理やり摑まれただけです」

「だが黒猫が……」

「黒猫さん？」

さっきまでベッドのそばで宗次郎を見ていたのに、いつの間にか黒猫の姿がない。

どこに行ったのかと部屋を見回すと、カーテンの下に隠れていた。

だが隠れているつもりだろうが、お尻と尻尾が見えてしまっている。

「黒猫さん」

麿緒が呼びかけると、びくりとして「にゃ……」と呟いた。

「黒猫、なにも知らない」

両手で耳を隠した恰好のままカーテンに頭を突っ込んでいるらしい。

「黒猫、嘘つかない。……ちょっとだけ……嘘ついた」

宗次郎はカーテンに隠れる黒猫に目をやって、小さくため息をついて言った。

「嘘だったのか、黒猫」

黒猫はびくりと跳ねて、ぶるぶると震えている。

「あの……」

麿緒は首を傾げながら宗次郎を見た。

「あれは黒猫がいたずらや悪いことをした時にする恰好だ」

「え？　そうなのですか？」

耳を押さえて可愛いポーズをとると思っていたが、そういうことだったのだ。

「なんでそんなつまらない嘘をついたんだ、黒猫」

「主、黒猫、追い出す。嫌だ」

宗次郎はやれやれと息を吐き、少し声をやわらげた。

「追い出さないよ。追い出さないから出て来い、黒猫」

黒猫は様子を見るようにカーテンの奥からそっと片目を覗かせている。

その顔が可愛くて笑ってしまった。

宗次郎は気を取り直して麿緒に尋ねた。

「とにかく……それで俺が清太郎に襲われたというわけか……」

「は、はい。ごめんなさい。本来なら私が受けるべき恨みだったはずなのに……」

しかし宗次郎は微笑んだ。

「君が謝ることはない。むしろ君が襲われなくて良かったと思っている」

「宗次郎様……」

どこまでも優しい宗次郎の言葉に胸が熱くなる。

「それで清太郎はどうなった？」

「はい。馭者の方が目撃していたので、今警察で聴取を受けているようです」

「そうか……」

宗次郎は少し考え込んだ。

「だが相手は華族だ。馭者が確かに見たと言っても、うやむやにされるかもしれないな」

「そんな……」

これほどの怪我を負ったのに、華族というだけで無罪になるなんてあり得ない。

「ひと昔前はそんなのは当たり前だった。今も……華族連中に平民が罪を問えるかというと、裏から手を回されて誤魔化されてしまうことも多い」

「ひどいわ……」

麿緒はそんなことを考えたこともなかった。

以前は華族側だったから気にならなかっただけなのかもしれない。

でも宗次郎は、そういう理不尽を散々味わってきたのだろう。

まだ苦しそうに顔を歪めている宗次郎に申し訳なくなる。

「私のせいでごめんなさい……」

ほろりと麿緒の目から涙が零《こぼ》れる。

宗次郎は麿緒の頬に手を伸ばし、その涙をそっと拭った。

「君を泣かせたくなかった。子供の頃から憧れ続けた西洋館のお姫様を……俺が幸せにしたかった。磨緒が……ずっと笑っていられるような男になりたかった。ずっと……」

切ない目で見つめられ、磨緒の目からもっと大粒の涙が溢れた。

「金持ちになれば、きっと手が届くのだとがむしゃらに働いた。だが……金ではどうにもならないものがある。どれほど金を持っていても、華族の権威に押しつぶされてしまうことはよくある。君は知らないだろうが、よくあることなんだ」

「宗次郎様……」

宗次郎は目を翳《かげ》らせた。

「俺では……きっと君は辛い思いをするだろう。落ちぶれ婚と言われ、華族の特権は受けられず、時には平民の俺と同じ辛酸をなめることにもなる。やはり俺ではだめなのだと……思ったんだ」

そんな宗次郎を磨緒は真っ直《ま》ぐ《す》見つめた。そして告げる。

「私を見くびらないで下さいませ、宗次郎様」

「磨緒……」

宗次郎は強く言い放つ磨緒を驚いたように見た。

「落ちぶれ婚と言われることなんて気にしませんわ。華族の特権なんていりません。辛酸をなめることになったって……宗次郎様と一緒なら平気ですわ」

そうして麿緒はきっぱりと言い切ってから「ですが……」と続けた。

「……ですが、宗次郎様と一緒でなければ耐えられないかもしれません」

「麿緒……」

宗次郎の目がくしゃりと嬉しそうに細まる。

「爵位があってもなくても、お金があってもなくてもどうでもいいのです。私は宗次郎様と一緒がいいのです」

こんな風に自分の気持ちを言葉にできることが嬉しい。

自分の気持ちを押し殺して、誰かの言いなりに生きる日々は終わった。

宗次郎と一緒なら、麿緒は麿緒らしく生きていける。

宗次郎は眩しそうに麿緒を見つめて微笑んだ。

「悔しいな。元気な時なら、思いっきり抱き締めることができたのに」

そう言って麿緒の頬を優しく撫でた。

その手にそっと頬をのせ、麿緒は大胆なことを言ってしまった自分が急に恥ずかしくなり真っ赤になった。

十二、アフタヌーン・ティーを一緒に

宗次郎が清太郎に襲われたことは、一部の事業家の間で話題になっていたようだが、公《おおやけ》に知らされることはなかった。清太郎は取り調べを受けて、しばらく勾留されたりもしたが、結局逮捕されるようなことはなかった。

宗次郎が言った通り、裏から手が回りうやむやにされたようだ。

だが、風聞は隠そうとしてもどんどん広まり、園城寺家は洋食器事業から手を引いたという話だ。清太郎はしばらく謹慎となり家の中に軟禁状態だと噂に聞いた。

久子との結婚話も今回の事件で流れたという話だ。

梅組になってから女学館で久子に会うことは滅多になかったが、それでも月に一度の全体集会などで見かけることはあった。

小夜子と歩いていた磨緒は、昨日久子の一団と久しぶりに出くわしてしまった。

久子には激しい憎しみを込めた目で睨まれたが、磨緒はもう俯かなかった。

理不尽なことを言われても黙って俯くだけの人生はやめた。

さらに傷つくことになっても、自分の気持ちを押し殺して置き去りにしたりしない。

真っ直ぐ見つめ返した磨緒に憤然とした表情をしたものの、久子は何も言わなかった。

「嫌な人に会ったわ。向こうに行きましょう、皆様」

つんと顎を上げて捨て台詞は残したものの、久子の方が逃げるように去っていった。

もっとひどいことを言われるのかと覚悟していたのに意外だった。

隣にいた小夜子が「ふふ」と笑う。

「傲慢な人ほど弱いものいじめが好きだからね。相手が弱くないと分かったら、ああいうずる賢い人はちょっかいかけたりしないんだよ」

磨緒は驚いた顔で小夜子に尋ねた。

「私は……弱くないように見えたのかしら……」

外見は何も変わっていないと思うけれど。

「ふふ。いいことあったでしょ、磨緒。なんだか輝いているもの」

「輝いている？」

そうなのだろうか。

小夜子が言うなら、きっとそうなのだろう。

磨緒は宗次郎に出会って、ようやく本当の自分を取り戻した。

誰の言いなりにもならない、地に足をつけて立つ磨緒自身を。

「宗次郎様のおかげなの……」

少し頰を染めて呟く磨緒に、小夜子は肩をすくめた。

「はいはい。そんなことになると思っていたよ。ま、良かったね」

少しからかうように笑う小夜子が温かい。

これが友情というものなのだろうか、といつしか磨緒も微笑み返していた。

残り少ない女学校生活だが、ようやく磨緒に本当の友人ができた。

◇

「ようこそお越し下さいました。エバン・リーン様」

昼過ぎに西洋館にやってきたエバン・リーンを、磨緒は八角形のドローイングルームに案内した。

宗次郎と話し合って傷んだ絨毯を大急ぎで替えて、壁面の彫刻を磨き、ソファを張り替えた。大きめのローテーブルに座り心地のいい一人掛けソファが三つ置かれている。

ソファの一つに座っていた宗次郎が立ち上がってエバン・リーンを出迎えた。

「お招きありがとう。あなたは怪我をしたと聞きましたが大丈夫なのですか？」

秘書二人を連れたエバン・リーンは宗次郎の杖を見て尋ねた。

起き上がれるようになったものの、まだ杖がないと立ち上がるのが難しい。

「はい。ずいぶん良くなりました。十日もすれば元通りの生活に戻れるでしょう」

宗次郎は流暢な英語で答えた。

「それは良かった」

そうして振袖姿の磨緒に視線を向けた。

「日本の民族衣装ですか。不思議に洋風の部屋とティーセットに馴染んでいますね」

母の形見の鳳凰柄の振袖に合わせた、鳥をモチーフにした古典文様の古伊万里調ティーセットにした。母のお気に入りのセットの一つだ。

祖父など男性をお茶に招く時、母はいつもこのティーセットを使っていた。

女性が好む花柄のティーカップは、年配の男性には可愛すぎる。相手に合わせたティーカップ選びというのも、アフタヌーン・ティーの作法の一つだった。

青を基調とした、この古風な色柄のティーセットなら、男性でも違和感がない。

「どうぞお座り下さい。私がホストをさせていただきます」

アフタヌーン・ティーは、使用人ではなく招待者自ら給仕するのが作法だった。エバン・リーンは席について、秘書の男性二人は壁際に控えた。

そしてさっそく古伊万里調のティーセットを眺めた。

「ほう。私にこのティーセットを選ぶとは、なかなか粋な計らいだ」

そうして木製のケーキスタンドに目をやった。

先日勧工場で買ったケーキスタンドではなく、母の形見の木製スタンドにした。

「ケーキスタンドを持っている家が日本にあるとは思いませんでした」

その皿の上には、シェフがフランス仕込みのお菓子を色鮮やかに盛り付けてくれている。シェフと宗次郎と麿緒で相談して、メニューを考え、本場に近い食材を集められるだけ集めて作ってもらった。

ミントを添えたサンドイッチ。クリームののったカップケーキ。ナッツの入ったクッキー。クロテッドクリームとジャムを添えたスコーン。こんがり焼けたミートパイ。

宝石箱のようで見ているだけで楽しい。

「日本でまさかスコーンを食べられるとは思っていなかった。驚きました」

感心したようにエバン・リーンは宗次郎に告げた。

「このドローイングルームもいいですね。庭の芝生がよく見えて心地いい」

「ありがとうございます」

宗次郎は肯きながら、時々麿緒に難しい英語を訳して伝えてくれた。

麿緒は緊張しながら、昔母に習った紅茶の作法を思い出しつつ、ティーポットに人数より一杯多めの茶葉を入れる。この一杯はティーポットに住むフェアリーの分だ。

お湯を注《そそ》ぎ、砂時計を回転させてゆっくり蒸らす。

蒸らし終えた紅茶を銀製のポットに濾《こ》しながら注《つ》ぐ。

そしてエバン・リーンのカップに注いで差し出した。

エバン・リーンは微笑んで受け取った。

「どこで習ったのか、完璧な作法です。日本の民族衣装を着た女性に、このように紅茶の接待を受けるとは思いませんでした。大変興味深い体験です」

麿緒はほっと息を吐いた。

(良かった。ちゃんとできていたみたい)

続いて宗次郎のカップと麿緒のカップにも紅茶を注ぎ、ティーフーズを取り分けてようやく席についた。

エバン・リーンはさっそくジャムとクロテッドクリームをのせたスコーンを食べると、満足げに肯いた。

「実をいうと、ここまでの接待を受けられるとは期待していなかった。ただ日本ではどの程度ティーマナーが浸透しているのか知りたかったのだが、想像以上でした。本国でも充分通用するレベルです」

「彼女の母は少しの間だが外国に暮らしたこともあったようです。そしてティーセットをコレクションしていたそうです」

宗次郎が説明した。

「ほう。なるほど。そうでしたか。このティーセットもそのコレクションの一つですか」

麿緒は肯いた。

「はい。実はエバン・リーン様にお見せしたいティーカップがございます」

麿緒の背後には部屋から運んできた母の形見のガラスキャビネットがあった。

麿緒は立ち上がり、キャビネットを開いてその中のティーカップの一つを取り出し、エバン・リーンの前に置いた。

「こ、これは……」

エバン・リーンは目を見開く。

「まさか……」

やはり彼は一目で分かったようだ。

「ケットシー……。ケットシーのティーカップか……」

それは母の持つコレクションの一つで、牧歌的な風景の中にコマドリを描いたものだった。今日のティーセットに合わせて鳥柄のものを見せることにした。

コマドリの絵柄だけれど、ちらりと見える付喪神はりすのような耳と尻尾だった。

「このティーカップは……見たことのないものだ。まさか日本でケットシーのカップに出会えるとは思わなかった……」

エバン・リーンは言葉を失くしたまま、しばらくカップを見つめている。

「母はケットシー窯のティーカップが一番のお気に入りでした。イギリスの友人に頼んで、街で見つけたら送ってもらっていたようです」

「なるほど。今ではさっぱり手に入らないが、注目される前は数は少ないが街に出回っていたと聞く。あなたの母上はその頃に買っていたのでしょう」

ケットシーが注目を浴び始めたのは十年ほど前からだと聞いた。

作られた数も少なく、今では収集家が手元に置いてどこにも売っていないそうだ。

「ケットシーは非常に風変わりな芸術家でした。私も若い頃に会ったことがある。アイルランドの広大な牧場の横に小さな窯を作って、気ままにティーカップを作っていた。その原料の配合は誰も知らない。だがまあ牧場を持っていたので牛の骨灰を使ったボーンチャイナだろうと言われていますが……」

ボーンチャイナとはボーン《骨》を使った焼き物という意味で、主に牛の骨を粉砕して原料の一つとしている洋食器のことだった。

「私は当時から彼のティーカップに惹かれていて、出資するからもっと大きな窯を作って大量生産したいと交渉しました。原料の配合を教えてくれれば、言われた通りのものを大勢の職人を使って作るからと。けれど偏屈な彼は頑として聞き入れてくれなかった。原料の配合もついに教えてもらえないまま、彼が亡くなり窯は閉じられました」

エバン・リーンは当時を懐かしむように語った。

「けれど一度だけ、彼はしつこく交渉する私にぽろりと漏らしたのです」

「漏らした？」

宗次郎が聞き返し、エバン・リーンは意味深に肯いた。

「僕のカップにはフェアリーがいるのだと……」

「フェアリー……」

鷹緒はその言葉にはっとした。

「そうです。ティーカップはフェアリーの家なのだと言っていました」

「フェアリーの家……」

「ええ。冗談のつもりだったのでしょうが、今ではどういう意味だったのか……」

エバン・リーンは分からないと肩をすくめ首を振った。

しかし磨緒には分かる。

ケットシーは本当にフェアリーの家を作っていたのだと。

磨緒にだけ見える付喪神の耳と尻尾がそれを物語っている。

「牛ではない、何か別の動物の骨を混ぜていたのかもしれません。それを暗に教えてくれていたのかもしれませんが、今も謎のままです」

ケットシーはきっと、謎かけでも何でもない、本当のことを答えたのだ。

「そもそもケットシーというのも彼の本名ではない。ケットシーというのはアイルランドに伝わるフェアリーの一種なのです。彼はその俗称を名乗っていたのです」

「フェアリーの名前なのですか？」

宗次郎が尋ねた。

「ええ。人の言葉をしゃべる二本足の黒猫です。猫の王様と言われています」

「人の言葉をしゃべる黒猫ですか……」

宗次郎がくすりと微笑んだ。

「それならうちにもいますよ」

「ケットシーがいるのですか？　はは、それはいい」

エバン・リーンは宗次郎の冗談だと思ったのか、笑って答えた。

「猫の王様とは知りませんでしたが、機会があればお目にかけましょう」

「それは楽しみだ」

楽しげに二人の間で会話が交わされていたが、磨緒は今まで不思議に思っていたことが少し解明されたような気がして鼓動が高鳴っていた。

(ケットシー。そういう意味だったのね。ケットシー様にもたぶんフェアリーの耳と尻尾が見えていたに違いない。私だけじゃなかった)

それがなんだかとても嬉しかった。

「どうした、磨緒？」

ずっと黙り込んでいる磨緒に、宗次郎が尋ねた。

「いえ……私はケットシー様のフェアリーは本当にいるのではないかと思うのです。エバン・リーン様をからかったわけでもなく、彼は正直に話したのだろうと思います」

磨緒は答えた。

「本当にいる？」

エバン・リーンは首を傾げた。

「はい。日本では物に憑くフェアリーのことを付喪神と言います。長い年月を経たものや、人に愛されて大切にされたものに憑く精霊だと言われています。きっと、ケットシー様には何か特別なものが見えていたのではないでしょうか」

宗次郎が訳してエバン・リーンに伝えてくれた。

「ふむ。なるほど。確かにケットシーのティーカップには、理屈では説明できない何か愛着のようなものを感じる。それは、その付喪神のせいかもしれませんね」

見えなくとも、何か感じるものがあるのだろうと思う。

目利きのエバン・リーンには、やはり常人にはない鋭い感性がある。

「いやあ、素晴らしいアフタヌーン・ティーでした。これほど楽しいお茶の時間は久しぶりだ。あなた方を選んで良かった。私の目は正しかったようだ」

しばらく歓談した後、エバン・リーンは言って立ち上がった。

「今後の取引や契約については秘書に任せている。細かいことは彼らと話し合ってくれ」

壁際に立っていた二人の秘書が、宗次郎に肯いた。

宗次郎は「ありがとうございます」と頭を下げて、麿緒の方にやったと目配せした。

(良かった。うまく契約できそうなのだわ)

そしてエバン・リーンは磨緒の方を振り向き微笑んだ。

「あなたの母上は素晴らしい目利きだったようだ。そのケットシーのティーカップは大事になさい。あまり人前に出さない方がいいかもしれない。本国には目の色を変えて欲しがる収集家が大勢いるからね。彼らの中には欲しいと思ったら力ずくで奪おうとする乱暴な者もいる」

「そうなのですか？　実は……」

磨緒は戸惑いながら告げた。

「ケットシーのティーカップは他にも持っているのです」

エバン・リーンは目を見開いた。

「なんと。他にも持っているのですか？」

本国でも一客すら手に入らないティーカップを、まさかこんな辺境の国で複数持っている者がいるなんて信じられなかったらしい。

「他のティーカップも見たくありませんか？　エバン・リーン殿」

宗次郎が磨緒に代わって尋ねる。

「そ、それはもちろんだ。見てみたい」

「では、どうぞまたお越し下さいませ。いつでもお待ちしています」

宗次郎はにこりと微笑んだ。

エバン・リーンはしばし黙り込み、そして高らかに笑った。

「ははは。なるほど。良い話を手土産に来てくれということか。これは参ったな。君達には驚かされてばかりだ。ケットシーのカップを見たいがために、私は良い話を探し回らねばならないではないか」

「いいえ。お気遣いなく、またお話を聞かせて下さい」

「ふふ。だが手ぶらでそんな貴重な逸品を見に来るわけにはいくまい。あなた達とは、これから長いお付き合いが続きそうだ。日本に来る楽しみが増えたよ。ははは」

こうしてエバン・リーンは上機嫌で帰っていった。

◇

「お疲れになったのではありませんか？」

エバン・リーンの秘書達と契約を済ませ、磨緒と宗次郎は庭で一休みしていた。

まだ傷口が痛む宗次郎は、厚めの背もたれを重ねた椅子で休んでいる。

「いや。最高に元気だ。気持ちは芝生の上を転がり回りたいぐらいだ」

「ふふ。またそんなことをおっしゃって……」

実際に目の前の芝生には黒猫が気持ち良さそうに寝そべって日向《ひなた》ぼっこをしている。

その横では喜代が鞠を転がしながら黒猫に話しかけていた。

「シェフが余った料理をケーキスタンドに盛り付けてくれました」

庭に置いた小さなティーテーブルには、先日買った三段のケーキスタンドにサンドイッチやミートパイなどがのっている。甘いものが好きではない宗次郎のために、シェフがハムやチーズののったクラッカーなどを添えてくれていた。

「お茶を淹れますね」

鷹緒は母がよく使っていたティーポットに茶葉を入れ、お湯を注ぐ。

こうしていると、母が元気だった頃の日々を思い出す。

母が淹れてくれるお茶を待ちながら、ケーキスタンドにのった色とりどりのお菓子を眺めてわくわくしていた、あの幸せな日々を。

もう二度とあんな日々は来ないのだと、何度も絶望したけれど……。

「幸せだな……」

鷹緒が思っていたのと同じ言葉を宗次郎が呟いた。

「子供の頃、この西洋館の前に立って幸せそうな人々を見ながら、いつか俺もこの人達のように幸せになるんだと思っていた」

遠い昔を思い出すように宗次郎は告げる。

「だが挫折を繰り返しながらようやく商売に成功して、金持ちになっても何かが足りなかった。この西洋館が欲しいのだと力ずくで手に入れてみたが、それでも足りない。俺は結局何を手に入れても幸せにはなれないのかと思っていた」

宗次郎は何もないところから、一つずつ摑んでここにいる。

麿緒はすべて持っていたところから、一つずつ失ってここにいる。

真逆のところにいた麿緒と宗次郎が、今一緒にここにいるのが不思議だった。

「だがようやく足りなかったものが分かったよ」

宗次郎が目を細めて麿緒を見つめる。どきりと心臓が跳ねた。

「君だよ、麿緒。俺の幸せは君がいて初めて完成するんだ」

その視線が眩しい。麿緒は頰を染めて答えた。

「私も……。宗次郎様がいない人生など、もう考えられません」

正直過ぎただろうかと、少し恥ずかしくなった。

けれど宗次郎はいつだって、麿緒の気持ちを真っ直ぐ受けとめてくれる。

「夢のようだ、麿緒」

温かい眼差しが麿緒を包んでいた。
もう自分の気持ちをなかったものになんてしない。
宗次郎になら、どんな気持ちも大切に慈しんで伝えていこう。
麿緒は蒸らした紅茶を宗次郎のカップに注いだ。
そうして宗次郎に差し出す。
「アフタヌーン・ティーをどうぞ、宗次郎様」
「喜んで。俺のたった一人のお姫様」
思わぬ返事にどきりとする。
母と決めていた魔法の言葉を教えたことを麿緒は覚えていない。
けれど宗次郎は、あれからずっとどんな枕詞にしようかと考え続けていた。
「この言葉を言うのに十年ばかりかかってしまったな。やっと言えた」
いたずらっぽく笑う宗次郎が眩しい。
麿緒は胸いっぱいの幸せを感じながら微笑み返した。
何も覚えていない麿緒だけれど、この言葉をずっと待ち続けていた気がする。
子供の頃感じていた、きらきら輝くような日々が……。
もう一度、ここから始まるのだ。

光文社文庫

文庫書下ろし

明《めい》治《じ》白椿《しろつばき》女《じょ》学《がく》館《かん》の花《はな》嫁《よめ》　落《お》ちぶれ婚《こん》とティーカップの付喪神《つくもがみ》

著　者　尾《おの》　道《みち》　理《り》　子《こ》

2023年９月20日　初版１刷発行

発行者　三　宅　貴　久
印　刷　新　藤　慶　昌　堂
製　本　ナ　シ　ョ　ナ　ル　製　本

発行所　株式会社　光　文　社
〒112-8011　東京都文京区音羽1-16-6
電話（03）5395-8147　編　集　部
8116　書籍販売部
8125　業　務　部

ISBN978-4-334-10039-1　Printed in Japan

組版　萩原印刷

光文社文庫最新刊

向日葵色《ひまわりいろ》のフリーウェイ　杉原爽香50歳の夏	赤川次郎
十津川警部　長野新幹線の奇妙な犯罪	西村京太郎
二十面相　暁に死す	辻　真先
もしかして　ひょっとして	大崎　梢
鬼棲むところ　知らぬ火文庫	朱川湊人
葬る	上野　歩
女豹刑事《デカ》　雪爆《スノウボムズ》	沢里裕二